密にして陰湿な黒——
ブギーポップ・チェンジリング
溶暗のデカダント・ブラック
上遠野浩平
Kouhei Kadono
イラスト●緒方剛志
Kouji Ogata

宮下藤花
新刻敬

強情で奥手な女の子たちは
自信満々だけど迷いがちで
かたくなだけど嘘が下手で
好きな物に素直になれずに
嫌いな事に変な期待を持ち
白だとわかりきっていても
黒だとなんとなく言い張り
後に退けなくなって困り顔
塩多樹梨亜

岸森由羽樹
竹田啓司

甘利勇人
強気で傲慢な男の子たちは
周囲のすべてに距離を持ち
選んだ道を突き進んでれば
思い通りになると信じてて
でも暗い陰を心に抱えてる
夢みることを愚かというが
誰よりも夢見がちなのは己
いつか深い穴に落ちる予感

揺れているのは世界の方？
それとも私の心が変なの？
歪んでいるのは地面の方？
それとも私の瞳が曇って？
気持ち悪いのは周囲の方？
それとも私が不気味なの？
回っているのは大空の方？
それとも私の半端な想い？

沁みる影が深層に喰い込む

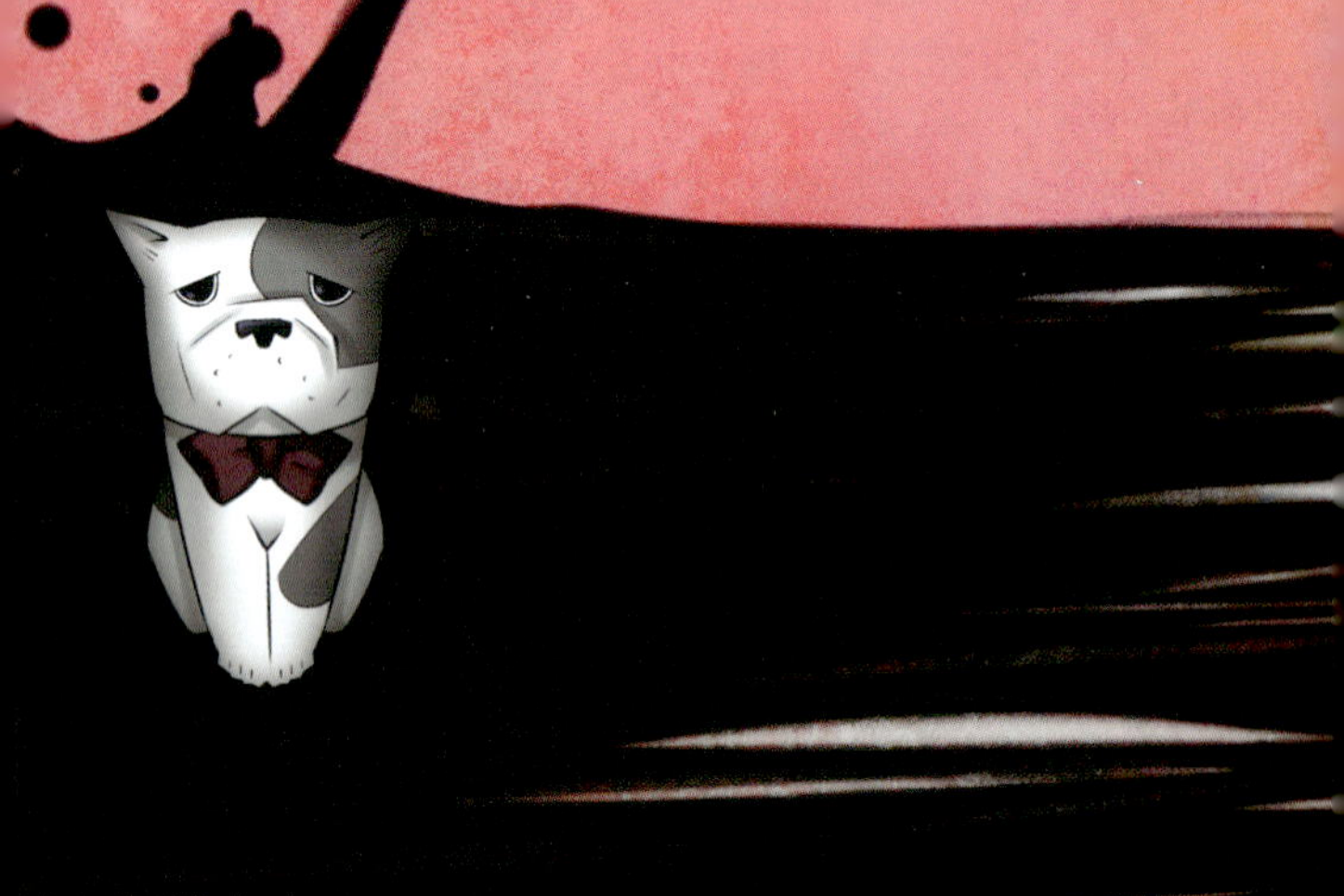

Design:Yoshihiko Kamabe

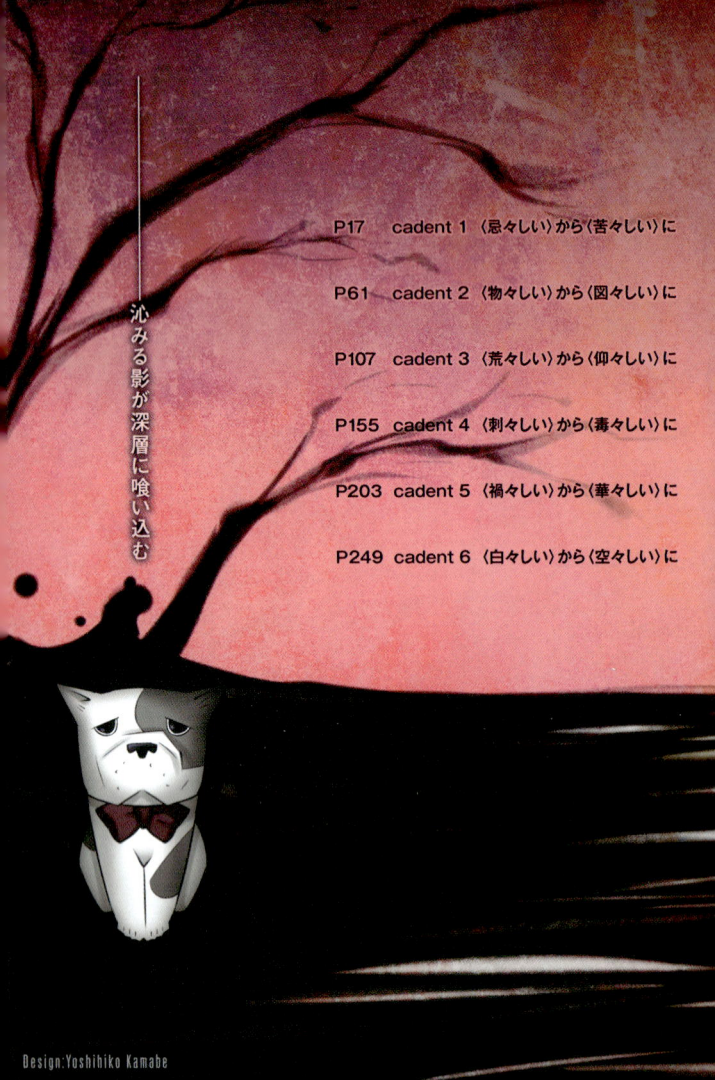

『人間が他人と交流するとき、
そこに退廃が生じるのを避けることはできない。
これは絶対的法則である。
故に真に発展を遂げるためには、
如何に退廃をコントロールできるかにかかっている』

――霧間誠一〈白い破滅、黒い退廃〉

……この対話は物語の途中で行われたものである。

「デカダント・ブラックとは人の心の暗闇そのものだ。故に、それに逆らえるものは誰もいない」

「誰にでも闇があるというのか？」

「多かれ少なかれ、誰にでもある。そして肝心なのはその濃淡の差だ。薄いものは濃いものに染まってしまって、主体性を失う」

「それは世の中で、偉そうなヤツがやたらとのさばっていることに関係があるのか？」

「そうだ。闇の濃いものは他の薄いものを従えて、自分の意のままにさせることができる……もっとも世の権力者は、逆に周辺の者たちの闇に染まってしまって、自分でもなんでそんなことをしているのかよくわからないでいることが多い」

「デカダント・ブラックとは相互作用なのか？」

「濃淡が移動して、均一になろうとする作用だから、影響はそれぞれに及ぶ」

「つまり薄いものは濃くなっていくが、濃いものは徐々に薄くなってくるのか」

「人に影響されて、角が取れて丸くなるというヤツだ。だがそれは単にそいつにあった心の闇が他の者に流れていっただけで、闇の絶対量そのものは減っていない。ただ社会がその分、暗くなっただけだ」

「つまり人生に於《お》ける成功というのは、その達成とは、つまるところ自分の心の中にある暗闇を如何に他のヤツらに移して、自分だけ白くなろうとすることなのか」

「それは結果だ。それに白くなった後は、さらに別の闇の濃い者に染められていって、いずれはまた闇に染まってしまうことになるが」

「デカダント・ブラックから逃れることはできないのか」

「それは人間であることをやめるのと同じことだ。心がある限り、誰も逃れることはできない」

「しかし、心があるかどうかわからない相手はどうだ？」

「そんな者はいない」

「いるかも知れない。少なくともその可能性は充分にある。そう……それがブギーポップだ」

「………」

「あの死神には人の心などないかも知れない。そもそもおまえの言う暗闇さえも、あいつにとっては無意味なことかも知れない。すべてが黒で創られている存在ならば、デカダント・ブラックの濃淡など、その前では大差ないかも知れない。どこまでも黒いものは、いくら白を混ぜようとしても、決して灰色にならない」

「それは仮定だろう。確定した未来というわけでもないのだろう？」

「未来は常に不透明で、わずかに透けてみえた断片をつなぎ合わせるしかないからな」

「ならば問題はないだろう。デカダント・ブラックの流れ、それ自体をどうにかできない限りは」

「しかしブギーポップに余計な手出しをするのは、やはり賛成できない。ぎりぎりまでそれは控えておくべきだ」

「その心配は杞憂《きゆう》としか思えないがな——死神だかなんだか知らないが、デカダント・ブラックの絶対的存在の前には、しょせんは巨大な海の中に浮かぶ泡沫《うたかた》のようなものに過ぎないだろう」

「わかっていないな」

「なに？」

「泡沫だからこそ、時には激流にさえ逆らって逆行してくることもあるということを」

……この対話をしている者たちは、自分たちが行っていることを充分に自覚しているとは言い難いだろう。

自分たちが世の摂理を握っていると自惚《うぬぼ》れている者たちは、実は誰よりもその雁字《がんじ》搦《がら》めの構造に囚《とら》われているものだということを、彼らはわかっていない。

自分たちが支配しようとしている世界に、逆に支配されている——その前提に心が染められてしまっていることを。

これは卑劣な追跡についての物語である。その自分勝手な歪《ゆが》んだ情熱が如何なる破滅に辿《たど》り着くのか——その未来は確定されていない。

ブギーポップ・チェンジリング
溶暗のデカダント・ブラック

BOOGIEPOP CHANGELING
"STALKING IN DECADENT BLACK"

cadent 1

〈忌々しい〉から〈苦々しい〉に

デカダント・ブラックは寂しがりやであるため、一つに集まろうとする傾向がある。

——ブルドッグによる概略

1.

(それにしても……パッとしない娘だわ)

塩多樹梨亜《しおたじゅりあ》が宮下藤花《みやしたとうか》の尾行を始めてから四日が過ぎたが、彼女は改めてそう思った。

(運動部に入ってる訳でもないのに、なんで毎日毎日スポルディングのスポーツバッグを持ち歩いてんのかしら、あいつ――カッコイイとでも思ってんのかな。センスないわあ……絶対に友だちにしたくないわ)

宮下藤花が通っているのは県下でも進学校として有名な深陽学園だ。県立高校としてはかなりの倍率の入試をくぐり抜けなければ入れない。少なくとも樹梨亜は中学のときに、ここを受ける気にはならなかったし、教師も勧めてこなかった。彼女の通っている市立幡山《はたやま》高校とは色々とレベルが違う学校である。

(てっきりガリ勉ばっかいるのかと思ってたけど、そうでもないんだ。ああいう抜けた娘も通ってるぐらいだから――まあ、私は受けなくて良かったけど。だってここに通っていたら、岸《きし》森《もり》くんとは出逢えなかったわけだし――)

彼のことを考えると、自然と頬が弛《ゆる》んでにたにたと笑ってしまう。しかし今は、あの娘を監視していないといけないのだった。気を引き締めなければ。

宮下藤花は大半の生徒と同様にバス通学だ。彼女が乗り込むのを確認すると、樹梨亜は監視に使っていた望遠鏡も兼ねる遠距離レンズ付きのデジタルカメラから眼を離して、録画ボタンをいったんオフにして鞄《かばん》にしまい込んだ。学校を囲んでいる植え込みの物陰に隠していた原付バイクを押し出してきて、慣れた動作で発進させる。エンジンを違法改造してあり、原付自転車の規制以上のスピードが出る。

違うルートを通って、バスを追い抜いてコースを先回りするのだ。宮下藤花がバスから降りるところを撮影しないと〝あいつ〟に文句を言われる。

（まったく——あいつの情熱がどこから出ているのか、私には見当もつかないけど——でも、今のところはあいつの方が優秀——負けられないわ。私もしっかり、あの宮下藤花を監視しないと——）

複雑なルートになる裏道にはほとんど通行する車も人もいない。信号も巧みに避ける。彼女の原付はすいすいと走行して、駅前のバス停広場の前にあっという間に着いた。

予め用意してある駐輪場に原付バイクを置くと、彼女はすぐに建物の陰に入ってバスの到着を待ち構えた。

五分くらいが経って、バスは駅前のスペースにやってきた。停車して、帰りの生徒たちがぞろぞろと出口から吐き出されてきた。その中には当然、宮下藤花もいる。

動画で撮影したが、他の生徒たちの中に埋もれたようになってしまって、あまり全身をはっきりと捉えられなかった。ちっ、と舌打ちするが、あまり落胆もしていられない。後を追わなければ。

さすがに街の中で堂々と撮影しながら移動したのでは目立ちすぎるので、いったんカメラは収める。宮下藤花の姿を見失わないように注意しながら、早足で進む。駅前はかなり人がいて、かつ宮下藤花はそれほど背の高い方ではないので、すぐに人混みに紛れてしまう。

（ああもう——）

焦って周囲をきょろきょろと見回す。もしかして——と思っていたら、やはりだった。

通りの片隅に、ひらひらと黒い影が動いている。

それは人と言うよりも、なんだか筒が地面から伸びているように見える奇妙なシルエットだった。だがむろんそれはただ単に、身体《からだ》をマントでくるんで、筒のような帽子を目深《まぶか》に被っているだけのことだった。

その黒帽子の下から覗く顔は、宮下藤花のそれだ。

しかし、なんだか異様に顔色が白い気がする。唇にも黒いルージュが引かれていてますます顔色の悪さを際立たせている。

そのへんてこな扮装をした宮下藤花が、今日も街をふらふらとうろついている。

（やっぱり昨日と同じだわ——あの娘、いったい何をしているのかしら？）

とても変な存在のはずなのに、周囲の人間はその黒帽子のことがあんまり気にならないようで、誰もが無視している。ちらっ、と見たり横を通り過ぎていくのを振り返って見たりもしない。なんでだろうと思うが、しかしあの程度の衣装はこの繁華街ではありふれたものなのかも知れない。

(しかし、バスから降りたときには制服姿だったのに——いつの間に着替えたの？　まあ簡単に羽織れそうな格好ではあるけど——あっ、そうか。だから毎日スポーツバッグを持ち歩いているのか。あの中に衣装を入れてるから——でも、そんなに肌身離さずにいる必要あんのかな)

しかし不思議がっている場合ではない、今日こそあの姿の彼女を撮影しないと——と、樹梨亜がカメラを取り出そうとした、そのときだった。

彼女の視界の隅をよぎる人影があった。それはほんの一瞬のことで、かつ視界ぎりぎりの位置を擦過していっただけだったのだが——それでも樹梨亜は、その瞬間に首を大きく動かして、その人影を眼で追っていた。

「…………っ！」

息を呑む。

それは彼女の精神の根っこを摑んで離さない人だった。

岸森由羽樹《ゆうき》——そういう名前の少年である。

彼女とは同じ学校の生徒で、去年はクラスメートでもあった。彼らの高校は成績別にクラス分けされるため、残念ながら彼の方がかなり上の方に行ってしまった。彼女も入学当初は優等生だったのだが――彼と出逢って、すべてが変わってしまった。

（き、岸森くん――）

彼女はつい、反射的に持っているカメラを彼の方に向けて、シャッターを切っていた。夢中になって、何度も何度も撮影する。飢えていた。実際にはたったの三日なのだが、もう何年も彼のことを撮影していなかったような気がしていた。

夢中になりすぎた――だから気がつかなかった。

「おい――」

地の底から響いてくるような囁《ささや》きと共に、腕を摑まれた。そしてねじ上げられる。

「うっ――」

と呻《うめ》きかけた唇を手で塞がれて、たちまち物陰に連れ込まれる。周囲には通行人が大勢いるのだが、まったく騒ぎにならなかった。それぐらいに気配がなかった。

壁に押し付けられて、顔を近づけられる。

痩せこけた頰の少年が昏《くら》い眼で彼女を睨みつけていた。闇夜で揺れる一本きりの蠟燭《ろうそく》の炎のような、不気味な光を放っている瞳だった。

「おい――どういうつもりだ、塩多……話が違うだろーが……」

声もぼそぼそと、まるで隙間風のようにか細い。

甘利勇人《あまりゆうと》——彼女の契約相手だった。

「ち、違う——」

「何が違うんだ、あ？　俺たちが互いの監視対象を交換したのは、少しでも目立たなくするためだろーが……なに勝手に、俺を無視して、自分だけヤローをカシャカシャ撮ってんだよ……」

宮下藤花の方はどーした？」

「だ、だから違うって——たまたま、場所が重なっただけで——あそこにいるから……」

唇を押さえつけられているので、うまく喋れない。それでも絞り出すように弁解して指差したが、勇人はそっちの方を向かずに、

「いねーよ。とっくに周囲は確認してんだよ、こっちは——いたとしても、もうオメーが馬鹿みたいに男に夢中になってる間に消えちまってるんだよ。そういう女なんだよ、宮下は——だから油断すんなって言ったろうが……！」

やっと手を離してくれた。呻きつつ、樹梨亜は自分が指差した方を見たが、確かにもうそこにはあの黒帽子の姿はどこにもなかった。

「ううう……」

「いいか、いったん見つけたら絶対に眼を離すんじゃねえ——なんなら撮影は二の次でもいいくらいだ。とにかく宮下から注意を逸《そ》らすな。わかったか？」

「——わ、わかったわよ」

「なら今すぐに奴の自宅に向かって張りこんどけ。戻ってきたところを確実に押さえて、帰宅時間をチェックするんだ。それぐらいはできるだろう？」

「と、当然よ——私だってずっと岸森くんを追い続けていたんだから——それぐらいは簡単だわ」

「ようし、なら岸森由羽樹の方は俺に任せておけ。あいつの動向を秒単位で記録し続けてやるからよ——」

そう言うと、彼はあっという間にその場から去っていって、街の雑踏の中に消えた。

塩多樹梨亜と甘利勇人——そう、この二人は同類だった。どちらも執着する異性につきまとってこっそり監視することを生き甲斐にしている人種——ストーカーであり、今はそれぞれお互いの標的を入れ換えているのだった。

2.

（でも、考えてみたら元から宮下藤花と岸森くんの行動半径が微妙に重なっているのは当然じゃないの——だから私たちだって遭遇した訳だし……くそ、あんなに一方的に言われることはなかったんだわ、畜生）

翌日になっても、まだ樹梨亜はぷりぷりと腹を立てていた。結局あの後、宮下藤花は夜の十時くらいになるまで家には帰ってこなかった。予備校に行っているから、ということにして親などには説明しているのかも知れないが、しかし昨日の彼女が移動していった先は予備校とは正反対の方角だったので、それはあり得ないだろう。

今朝はまた、何事もなかったかのように自宅から登校していく。その様子を樹梨亜はじっと観察し続ける。

相変わらずスポルディングのバッグを肩から提げている。いつもと変わらない。だがここ最近のあいつは、夜毎へんてこな格好をして街をうろついているのだ——変態だ、と樹梨亜は思う。

(そうだ、変態だからあんな甘利勇人みたいな気色悪い奴に気に入られるんだわ……ああ、嫌だ嫌だ)

バスに乗り込むところを見届けて、バイクに乗って先回りする。そしていつもの物陰の定位置について、カメラを学校の校門に向ける。

ここ県立深陽学園は他の学校とは少し違っていることがある。出入り口の所に、電子カードの身分証で認証されないと開かないゲートがついているのだ。公立校のくせに妙に凝ったセキュリティである。しかしそのせいで校内に入って監視するのがとても難しい。外からでなければ無理だろう。

(まるで私たちみたいな連中が年がら年中いるって前提で作られているみたいな場所ね……ま

あ、合ってるんだけどさ)

彼女は心の中でぶつぶつ呟きながら、デジタルカメラの遠距離レンズ越しに校門前に眼をやる。

生活指導の教師がいて、その周りに生徒たちが数名いる。風紀委員たちだ。この学校では生徒自身にも校内の管理をある程度やらせているのである。

(ウチの学校じゃ考えられないわね——まあご立派なヤツらだこと。噂じゃ、ここの風紀委員長をやったら後々、就職とかにもすごく有利だとかいう話だけど、いったいどんな奴が——)

と、彼女がカメラを動かして生徒たちの顔を順番に覗き込んでいた、そのときだった。

一人の、他の者たちよりも背の低い女子生徒がふいに顔を上げて、こっちを見た。

確かに見た。

(え?)

見えるはずがない。距離は遠いし、樹の陰に隠れているのだから。レンズに光が反射して、なんて初歩的なミスは絶対にしない。常に太陽を背にしている。それなのに——その小学生みたいな背丈しかない女子は、ずっとこっちの方を見つめて、何やら顔をしかめている——。

(——もしかして、あいつが……風紀委員長?)

これが、樹梨亜が初めて新刻敬《にいときけい》のことを認識した瞬間だった。

……なんか変だな、と私は思った。根拠は特になかったのだが、違和感があるような気がした。

＊

「先生――ちょっと」

「どうしたの、新刻さん」

「なんか、あの辺から視線みたいなものを感じるんですけど、もしかして学校が監視カメラとか仕掛けたりしました？」

　私がそう言うと、先生は眉をひそめて、

「いいえ。そんな話は聞いていないけど――視線？」

「みたいな感じです」

「よくわからないけど――どの辺？」

「ほら、あの山の、樹が密集してる辺りです」

「うーん……」

　先生が煮え切らないので、私は、

「ちょっと三村《みむら》くん、一緒に来て」

と一年生の後輩を呼んで、問題の場所に向かってみることにした。

「えーっ、マジですか」

後輩は少し怯《ひる》んでいたが、私が先に行くと彼も仕方なくついてきた。

うちの学校は山の上というか、山腹に建っているような形なので周囲は緑ばかりだ。その草を掻《か》き分けるようにして進んでいく。私は小学生並みに背が低くて、それが悩みの種だけれど、こういうときは小回りが利くから便利である。

「何にもありませんよ、委員長。気にしすぎですって」

後輩のボヤキを背中で聞きながら、私は歩いていったが、すぐに嫌なものを発見してしまう。

「ほら——ここ見て」

と樹のひとつを指差すと、後輩もそこを注目して、げっ、と呻いた。

「これって——足跡ですね」

「そして樹の上の方の枝に、引っ掻いたような跡がある……ワイヤーかなんかを垂らして、ここに登っていたんだわ」

「いや先輩——まずいっすよ。戻りましょう。だって今さっき視線を感じてたんなら、まだそいつ、この辺にいるじゃないですか。危ないっすよ」

彼は焦って周囲をきょろきょろと見回した。それは私も考えたが、でも、

「いいえ——もういないわ」

という確信があった。

(どうしてここから覗いていたのか——それは背後の茂みがちょうど空いていて、すぐ逃げられるから。ルートが確保されている。私たちがここに来るまで二分は掛かっている。当然、もう逃げている——)

何よりも気配がない。さっきの視線を感じない。

「そうですか？　でも——」

「そうね、戻った方がいいのは確かね」

私たちは校門に引き返した。でも予想通りに、先生の反応はとても鈍かった。

「えーっ、でもそれだけじゃ……」

「でしょうね——騒ぎにするには弱いでしょうね」

足跡だけでは、それがいつ付いたのかわからないし、何より根拠が私の証言しかない。それも感覚的なもので、他人を説得する根拠に欠ける。

「あなたが言うことだから、いい加減な話じゃないとは思うんだけど……」

「ええ。みんなに知らせると無駄に混乱しそうですよね」

私たちが話していると、学校前にバスが到着した。生徒たちがぞろぞろ出てくる。

(この中の誰かがターゲットなのかな……あっ)

生徒たちを一通り眺めていた私の眼に、その人の姿が飛び込んできた。

スポルディングのバッグを提げた、かつての私の恋敵——宮下藤花がそこにいた。

（まさか——）

私は改めて、視線を感じた山の方を向く。あそこから見ていたのが何者かはわからないが、もしも狙いが宮下藤花で、そしてそいつが彼女の〝正体〟を知っていたとしたら……その目的はいったい？

（だとしたら——ふつうでは対応できない話なんじゃないかしら——？）

私がやや茫然《ぼうぜん》としていると、後輩の三村くんがひそひそと、

「でも先輩、ついてないですよね——」

と話しかけてきた。

「え？」

「だって先輩、あと一週間くらいだったじゃないですか。委員長を引退するまで。それなのに、こんなギリギリで変なものを見つけちゃったりして——トラブルになったら巻き込まれちゃうんじゃ」

私は苦笑した。

「刑務所の刑期みたいな言い方ね、それ」

「でも——せっかく」

彼の言わんとすることもわかる。風紀委員長なんて正直、誰もやりたがらない役職だ。皆に

疎まれるだけだし、やっているとどうせ内申書狙いなんだろうと陰口叩かれるし。でも私は、

「残念だけど、トラブルって別に私たちの都合で起こってくれる訳じゃないから」

と肩をすくめながら言った。

「でも――」

「いや、先生がいいって言ってるんだから、委員長としてはもう関係ないはずよ」

「ああ、まあ――そうですよね。それはそうだ」

「そうよ。委員長とか、もう関係ない――」

これは本音だった。私はどうも、こういう風に自分とはあんまり関係のない出来事に巻き込まれてしまう傾向にあるみたいだった。でも曖昧なままで放っておくのがどうにも我慢できない性格なのだから仕方がない。

そう――私はこのときに、もう学校とか風紀委員とか関係なく、この件について納得するまで首を突っ込むしかない、と決意してしまっていた。

（とりあえず、専門家に話を聞いてみたいところね。彼女は宮下さんとも親友だし――）

＊

「…………」

この一連の様子を、深陽学園の校舎内から眺めている人影があった。それは他の者たちと何ら変わることのない、平凡な群衆の一人に過ぎなかった。

「………」

ただひとつだけ違っていることがあるとすれば、その人物の眼には艶がなかった。光を反射するのではなく、逆に吸収してしまっているかのように、べったりと塗りつぶされたような色をしていた。

3.

「ストーカーは基本的に、千差万別よ」

昼休みの渡り廊下で、末真《すえま》さんは私にそう言った。

「それぞれの状況があって、一概にどうとか言えないのよ。でもその分、タカをくくることができないから、事態が急に深刻になっちゃったりするんだけど」

「深刻って？」

「だから、突然にストーカー側の心理が煮詰まっちゃって、極端な行動に走るのよ。しかも大抵のストーカーって、自分は正義側だって思ってるから、始末が悪い――」

末真和子《かずこ》。彼女は私と同学年なのに、まるで学者みたいに色々なことに詳しい。しかも頭の回転が速い。博士という綽名《あだな》は、決して皆がからかっているのではなく、真剣に尊敬の念を込めてそう呼んでいるのだ。

「正義、って——だって他人に迷惑かけてるじゃない。悪いでしょ？」

「それは常識的にはそうなんだけど、でも彼らや彼女たちの中では違うのよ。間違っているのは世の中の方で、自分だけが正しいって思いこんでいるの。だから警察とかに注意されても言うことを聞くとは限らない」

「ああ、そういう事件の話はよくあるわね。注意された後で襲ってきたとか」

「ふつうなら気をつけたり反省したりするんだけど、何しろ自分が悪いって思っていないから、気をつけるのはただ単に、どうすれば網の目をかいくぐれるかってだけ。そういうことにしか頭が回らない」

「どうしてそんなに自分が正しいって信じられるの？」

「それはたぶん、考え方が逆ね」

「逆？」

「わたしたちは、どうして常識が正しいって思ってるのかしら」

「え？　だってそれは」

「それは常識が正しいって刷り込まれているから。そういう風に教えられているから——ってこういう言い方はなんか、教育は洗脳だ、みたいな過激ぶったイメージになっちゃうわね。もっと的確に言うと、常識が正しいことで、わたしたちには得をする面があるから。メリットがあるから、従っている——でもストーカーはそうじゃない。彼らは常識に従って得をすることがない。損するだけだと思っている。だから自身の正義に反している——」

「そんな無茶苦茶《むちゃくちゃ》な。損か得かだけで、それが正義だって思うなんて身勝手すぎるわ」

「だからそういう常識が通用しないのよ。それに残念だけど、損得だけで物事を割り切るっていうのは、世の中の大半の人間が正しいって思ってることだし、ね——」

「そ、そんなことはない——って言いたいけど、でも……そうね、そういう人、多いよね」

「そういう意味じゃなくて、単に世の中の最も表層的なトレンドに乗っているだけ。しかもその根拠も、性的魅力に惹かれるっていう生物としてはもっとも原始的な衝動に流されているだけだし」

こういうことを末真さんは真顔で、実に簡単に恥ずかしがる様子も見せずに言うので、ますます博士みたいに見える。

「浅い、かあ——」

「だからストーカーをやめさせる方法って、実は一つしかないと思う」

「どうするの？」

「他に、得することを与えてやればいいのよ」

「でも、それができないから難しいんでしょ？」

「そうね。そもそも何々で得するって思っているのも自分だけだから、他にどんなものがいいのか他人には理解不能だしね」

どうしようもない、という感じで彼女は両手を広げてみせた。むむむ、と私は唸《うな》ってしまう。

とりあえず、訊《き》いてみる。

「たとえば、よ――私がストーカーだったとして」

「新刻さんはまず、そうならないタイプだと思うけど」

「いや、だから喩《たと》え話で――そう、私が振られたことを根に持って、その彼女の方に固執して追いかけ回したりしたら、その執念は何によって埋められると思う?」

「それって――つまり新刻さんが、藤花を追いかけ回すってこと?」

ぷっ、と末真さんは噴き出した。彼女には私が以前に宮下さんの今の彼氏、竹田啓司《たけだけいじ》くんに振られたのを話したことがある。まあ、それぐらいに末真さんはなんでも相談したくなる相手なのだ。

「考えにくいわあ、その話は」

「あくまで喩え話よ」

「だって、こう言っちゃなんだけど、わたしあの竹田くんもちょっと感心しないなって思ってるし。藤花も苦労してるみたいよ。すれ違いばかりで」

すれ違いが多いのは宮下藤花の方の特殊な事情も手伝っているような気がする。

「いや、そういうことは今はいいから――宮下さんがストーカーに狙われるとしたら、その理由ってどんなことが考えられる？」

「そうね――もしも本当に新刻さんが藤花を狙うのだとしたら――その根拠は〝共感〟になるのかもね」

　末真さんは不思議なことを言った。

「え？　なんて言ったの？　共感、って――」

「共感は共感よ。同じようなことを感じているって気持ち。この場合は、同じ男の子に魅力を感じるって気持ちね。好きになった理由はきっと二人で大きく違うと思うけど、表面的には同じ。そしてストーカーにとっては、それぐらいで充分。なにしろ彼らは浅いから。共感する相手は、ある意味で自分と同じ土俵に立っていることになる。つまり――敵にもなりうるのよ」

＊

（くそ――あの女……名前は新刻敬か……）

　塩多樹梨亜は、深陽学園から少し離れた場所に潜んでいた。携帯端末であれこれ調べた結果、風紀委員長の名前と顔を把握し、そして他の生徒たちからの評判もとてもいいことを知る。

（なあにが〝ちっちゃいのにキビキビ動いたり張り切ったりするところがキュート〟よ。ふざけんじゃないわよ……！）

めらめらと心の中で暗い炎が燃え上がる。

（あいつのせいで、宮下藤花の監視が難しくなってきた——今後、学校での撮影はできるだろうか？　まあもうすぐ春休みだし、今学期であいつの任期も終わるから、それからなら大丈夫だろうけど——）

そんな空白をあの甘利勇人が認めてくれるとも思えない。きっとさんざん文句を言われ、脅されるだろう。

（冗談じゃないわ。なんで私が——）

苛立ちつつ、彼女は宮下藤花の下校時刻までじっと待ち、せめて帰るところだけでも押さえようと学園の前に忍び寄っていくと、再び彼女の眉間に険しい皺《しわ》が刻まれた。

（な——なにい？）

宮下藤花がバス停に並んでいる——その五人くらい後ろにいるのは、

（に、新刻敬——なんであいつ、こんなに早く帰るんだ？）

4.

風紀委員の担当はルーティンで回っている。私は今朝の早番だったから、夕方は非番になる。

それでもいつもならなんだかんだ言って残っていることが多いんだけど、今日は下校することにした。

私がいても、宮下さんは別になんでもない様子だ。意識していないらしい。ちょっとだけガッカリするが、でもその方が都合がいい。むしろ他の生徒たちから、

「あれ、委員長、今日は早いねー」

「なあに？　もしかしてデートでもあるの？」

「駄目だよ、そんなに小さいうちから。このおませさん」

私の背の低さをネタにあれこれと弄《いじ》られた。私は適当に怒ったふりとかしてやり過ごして、宮下さんと一緒にバスに乗って、周囲に怪しい様子がないか探る。私は一応、全校生徒の顔を知っているので、部外者は誰も乗っていないことをまず確かめる。

それから窓の外に眼をやり、監視している者がいないか気をつける。山の方から見られたら、なかなかわからないだろうなということを改めて知る。

（いつから見ているんだろう——今まで気をつけていなかったのは迂闊《うかつ》だったわ。それとも犯人に昨日何かあって、今朝だけはちょっと油断していたから、私にもわかったのかな——）

ストーカーの心理が煮詰まって事態が急に深刻になる、という末真さんの言葉が脳裏をよぎる。まずい兆候かも知れない。

後方も注意して、追跡してくるバイクとか車とかがいないことも確認するが、しかしバスは

常に決まったコースを辿るわけで、乗るところと降りるところをチェックできればいいのだろう。

(……でも、なんかこんな風にあれこれ考えていると、私が本当に宮下さんをつけ狙ってるみたいね――うーっ、変な感じ)

私が心の中で呻いているうちに、バスは駅前の終点に着いた。

皆がぞろぞろと降りていく。宮下さんも降りる。私は先に降りようと思っていたのに、人に揉まれてすっかり遅れてしまった。いつもは朝早く来たり夕方遅く帰ったりしているから、混んでいるときのバスの感覚をまるで摑んでいなかったのだ。

(ああもう、こういうとき、小さいってホント不便――)

我が身を呪いながらやっと降りられたときには、もう宮下さんの姿はどこにもなかった。駅に向かったのだろう。後を追おうと思ったが、

(――いや、むしろ周囲を注意した方がいいのか。かえって間を置いたことで見つけやすくなるかも)

と気を取り直して、生徒たちが駅に向かっていくのを注視している人間はいないか、ときょろきょろ見回す。

すると――果たして、それらしい姿があった。人の流れから外れて、一人だけぽつん、と立ち止まっている人影があった。男子高校生で、

（あれは――市立の幡山高校の制服じゃないかしら？）

その男子は、あきらかにうちの生徒たちの後を追って早足で歩き始めた。私はその場から動かずに、彼が通り過ぎるのを待つ。その後をつけようと思ったのだ。

大きなスポーツバッグを肩から下げている。スパイクとか器具とか何かが入っているのだろうか。相当に重そうな荷物だ。部活で使っているからか、名札が下がっていた。私は自慢の視力で、そこに書かれている名前を離れた距離から読み取る――

〝岸森由羽樹〟

そう書かれていた。しかしここで私はちょっと間違ったかな、と悟る。まさかストーキングしている最中に堂々と自分の名札をぶら下げている人間はいないだろう。単に人の群れの中に知り合いでもいたんじゃないだろうか。思った通り、彼は途中でまた立ち止まって、首を傾《かし》げて、来た道を戻っていく。すると当然、後を追っていた私と鉢合わせになる。

眼が、ばっちり合ってしまう。

私はぎくっ、として強張《こわば》ってしまう。岸森というらしいその少年には、ちょっと不思議な印象があった。男か女か定かではない、中性的というか、マネキン人形みたいな硬質なイメージがある。その彼は私を見て少し眉をひそめて、そして、

「――いや、こんなチビじゃなかった」

と呟いた。私は一瞬、唖然《あぜん》としてしまう。その間に少年は私の横を通り過ぎて、行ってしまった。
はっ、と我に返る。あわてて振り向くと、もう少年は雑踏に紛れてどこに行ったかわからな
くなってしまっていた。
（な――なによいきなり！　失礼な子ね……！）
私は状況も忘れてつい、カッとなってしまった。思わず追いかけて見つけ出して、文句を言
ってやらねばという衝動に駆られそうになった……そのときだった。
私の耳に、奇妙な旋律が響いてきた。それは頼りないような、しかし妙に芯が通っているよ
うな、捉えどころがないくせに揺れていない響きだった。
口笛の音だった。
私がかつて何度か聞いたことのある曲、およそ口笛にはまったく向いていない音楽――〈ニ
ュルンベルクのマイスタージンガー〉第一幕への前奏曲だった。
「――――っ！」
私は思わず駅の方、さっき宮下藤花が入っていったはずの方向に顔を向けた。しかし口笛は
そっちの方からは聞こえてきていない。
（――こっちか？）

私は音のする方へと駆け出した。周囲の人たちはなんか小さい女子高生が必死こいてちょこちょこ走ってる、みたいな好奇の眼で見てくるが、そんなことにかまっていられない。しかし人々にもこの曲は聞こえているはずなのだが、誰一人として気に留めていないようだった。街中の雑音に紛れて、そんなメロディーはささやかに埋没するだけだというかのように。

だが私にとって、それは生死の境にいるときにだけ聞こえてくる、この世で最も切羽詰まった音響に他ならなかった。

（こっち――いいや、こっち！）

なんだか音源はふらふらとさまよっているようで、私はあちこち連れ回された。

いい加減疲れて、膝に手を乗せて、ぜいぜいと喘《あえ》いでいたら、ふいに曲が止んで、そして、

「相変わらず、君はよく動き回るね」

という妙にとぼけたような声が背後から聞こえてきた。きっ、と振り向くと、やっぱりそこにいた。

私がいる歩道から一段下がった高架下に、人波から外れて、ぽつん、と立っている。全身を黒いマントに包んで、黒い筒のような帽子を目深に被って、白い顔には黒いルージュが引かれている。

「あ――あんたはいっつも、嫌なタイミングでしか現れないわよね！」

ブギーポップ。

それはこの辺りの女の子たちの間でだけ囁かれる噂の主。それはその人がもっとも美しいとき、それ以上醜くなる前に殺してしまうという死神。

私はその真偽なんか知らない。いったいどういう由来があり、いかなる根拠があるのか、そんなことは考える気がしない。ただ言えるのは、そいつは宮下藤花と同じ身体、同じ顔をしているけど、その性格は二重人格としか思えないくらいに彼女とは似ても似つかないということ——この世の誰とも共通点がないくらいに、とにかくひねくれている。

「しかし今は、ぼくが浮かび上がってくるのを期待していたんじゃないかい、君は。宮下藤花をつけ回していたのは、そういうことなんだろう？」

「それは——いや、そうじゃなくて」

私は迷いつつも、本当のことを素直に教えた。学校の近くにストーカーらしき者が潜んでいて、もしかしたら宮下藤花がターゲットかも知れないと思ったことを。

「ふうむ」

ブギーポップは感心しているような、でも同時に困惑しているような、なんとも言い難い左右非対称の表情を見せた。そして、

「君のその、予想というか直観というか、そのインスピレーションには君の願望は入っていないのかな」

と奇妙なことを言いだした。

「え？　どういうこと？」

「だから君が、宮下藤花に何かあったとしたら、それを手掛かりにして竹田くんとまた接触できるかも、という気持ちはなかったのかな、という確認だよ」

「はあ？　なにそれ？」

私は本気であきれた。私の中ではとっくに失恋の気持ちの整理はついている。今さらどうにかしようなんて欠片《かけら》も思っていない。するとブギーポップはうなずいて、

「だからただの確認だよ。しかし願望じゃないとすると、そっちの方が問題かも知れないね」

「そりゃあそうよ。大問題よ。狙いは宮下さんなのか、それともあんたの敵なのか——」

と私が言いかけたところで、ブギーポップは首を横に振って、

「そうじゃないよ。問題は君だよ、新刻敬」

と言った。

「え？」

「君は以前から、世界に対して混沌であることを認めないような性質があった——未整理のものを無理矢理に秩序立てたものに変えてしまいたいという傾向があった」

ブギーポップはなんか難しいことを言い始めた。

「えと、つまり——なに？」

「君は物事が白黒はっきりしてる方が好きだってことだよ」

「それはそうだけど――」

だから風紀委員長などを引き受けてしまったのだろうし。でも――

「それがいったいなんなのよ？　私の性格がどうしたっていうの？」

「その隠れていたストーカーとやらが何者であれ、君がその存在に気づくっていうのは、ちょっと鋭すぎる」

「なによそれ？　まるで気づいたのが悪いみたいな言い方ね？　あんたがつけ狙われてるなら、むしろ感謝してほしいくらいなんだけど？」

私が言い返すと、ブギーポップは妙に無表情になって、

「ぼくには感謝も憎悪もない。自動的なだけで、そこに心はない――そのぼくが君を前に浮かび上がっているということは、あまりいい兆候ではない」

と言ってきた。その声の硬さに、私は少し息を呑む。私たちは、街中で堂々と、この奇妙な会話を結構な大声で話しているのだが、周囲の者たちは誰も意識していない。女子高生たちがふざけて変なこと言い合っているだけ、と思われているのだろうか。それとも彼らには、ブギーポップの存在はほとんど意識されない、ということなのだろうか――そして黒帽子はさらに言う。

「君の性格、そして鋭さ――それが行きすぎている可能性がある。もしかしたら君は、半分くらい〝今の世界の敵〟に片足を突っ込んでいるのかも知れないから」

「……え？」

「世の中は決して白黒はっきりついているわけじゃない——君の思うようにはできていない。しかし君が度を越えて世界を正したいと思うようになっているのなら——それを実現できるくらいに鋭くなっているのなら、ぼくは君の敵になってしまうかも」

「ちょ、ちょっと待ってよ——何を言ってるのよ、あんたは。私は別にそんなんじゃなくて、ただあんたに注意したくて——」

変な話の成り行きに、私は焦った。するとブギーポップはちょい、と眉を片方上げて、

「君がストーカーに気づけたのは、感受性において共通点があるということ——君たちはお互いにどこか共鳴している。これ以上引きずられたくないのなら、これ以上はもう、近づかないことだ」

と突き放すように言った。余計な手を出すな、ということだろうか。しかし……

「で、でも——」

と私がさらに反論しようとした、そのときだった。

ブギーポップの姿が、急に影の中に消えた。その場所だけ、いきなり真っ黒な闇に包まれたようになって、そして——そこに落下してきた。

高架に下げられていた巨大な看板が、その路上にあったものすべてを押し潰して、アスファルトにめり込んだ。

「――っ?!」

私は思わず後ろに仰《の》け反って、転倒してしまった。あわてて立ち上がって、下に飛び降りて駆け寄る。

周囲の人々もざわめいている。その中で私は看板に取りついて、持ち上げようと踏ん張る――しかし、びくともしない。

「う、うーん――」

私が歯を食いしばっているとき……ふいに背後に、ぞっとする冷たい気配を感じた。

私が一瞬硬直すると、看板が自重で傾いて、坂に沿って滑り落ちた。私も下敷きになりかけて、必死で横に転がって、なんとか逃れる。

（あ――）

看板の下には、もう誰もいなかった。下敷きになっていた者はいなかった。

「お、おい君！　危ないじゃないか！」

「こういうときは近づいちゃ駄目だよ！」

「警察呼べよ！　みんな離れろ！」

騒ぎの中、私はその場から引き離される。私は茫然としながらも、周囲を見回す――あの異様に冷たい気配の主を探して。

そして――周辺を見渡せる一段高い、建物と建物の間に架けられた陸橋の上にいる、一人の人物を見つけた。

うちの学校、深陽学園の制服を着ている少年だった。だから——私にはそれが誰なのか、わかった。全校生徒の顔と名前を記憶しているのだから。

(二年C組の——甘利勇人くん——?)

彼は確か、ここ一ヶ月近くずっと登校していないはず——なんでこんなところに?

私が見ていることに気づいて、彼は一瞬、ものすごい目つきでこっちの方を睨みつけてきた——その瞬間、理解した。

(そうか……甘利くんは宮下藤花と、一年と二年でクラスが一緒だ——可能性は充分ある……しかし)

甘利くんの姿はすぐに、その場から消えた。その様子にも、やはり違和感があった。

(確かに彼には動機がありそう……宮下さんのストーカー容疑者としては最有力かも知れない——でも)

でも、何か違う——今朝、私が感じた視線と、今の冷たい気配が微妙に一致しない。というよりも、はっきりと、

(今の方が、そう——〝濃い〟……もっと恐ろしいものを感じた……)

私は看板の下の様子を観察する。路面が凹んでしまっているほどの衝撃があったようだが、血とか、あるいはあの黒マントの切れ端のような痕跡は何も残っていない。ブギーポップは直

前で逃れられたのだろう……それは一安心だったが、

（でも、どう考えても今のは〝攻撃〟――ブギーポップめがけて、誰かが何かをした――狙われているのは間違いなくて、そして……）

黒帽子自身は、誰に狙われているのか把握できていないのだ――そのことに、私は自分が危険に足を踏み入れてしまったことよりも、さらに戦慄していた。

5.

（くそ、今日もまた下校時をチェックできなかった――あの新刻敬をどうにかしないと……）

塩多樹梨亜はカリカリ怒りながら、駅前の駐輪場に原付バイクを停めた。自宅にはバイクを置いていない。そもそも親さえも彼女がこんなものを持っていることを知らない。

（焦ったせいで、帰り道を間違えて信号に二度も引っかかってしまった……もうバスは終点まで行ってしまった後だわ。また宮下藤花の自宅の方に先回りしておくべきか、それともどうせ繁華街の辺りをあの変な扮装をしてふらふらしているのだろうから、今度こそ見つけ出して尾行してやるか――だが帰宅時さえチェックし損なったら、また甘利の奴に絡まれるし――）

迷いながら、彼女はとりあえず駅前のバスターミナルのところまで来た。ベンチに腰を下ろして、人の流れを眺める。

（……どいつもこいつも、くだらない連中ばっかりだわ……）

人混みを見ていると、意識しなくても心の奥から憎悪が湧いてくるのを自覚する。

（馬鹿みたいなツラして、間抜けに生きている……ホント、岸森くんとは大違いだわ……）

ターミナルにバスが到着して、深陽学園の生徒たちがぞろぞろと出てくるのが見える。しかしもう宮下藤花も新刻敬もそれには乗っていないので、どうでもいい連中しかいないから、取り立てて注目しない。男子も女子も区別なく、ドングリが並んでいるも同然だ。

（いや、むしろドブネズミか。くすんだ灰色の人生をドブの中で生きるしかないゴミどもだわ……美しいのは岸森くんだけ……）

彼女はうっとりと瞼《まぶた》を閉ざして、脳裏に彼の姿を思い浮かべる。

ああ、あの忌々しい密告者さえいなければ、いまでも自分自身で彼のことを追い続けることができていたはずなのに。

そう、幡山高校に匿名の投書が来たのだった。ストーカーがとある男子生徒をつけ狙っているから注意するように、と。そのせいで彼女が彼を見つめ続けることが難しくなってしまった——学校では人目がありすぎるし、現に全然無関係の女子と男子が疑われて、男子は不登校に、女子は転校することになってしまったりした。噂は無責任かつ冷酷に人を追い詰める。

（そんなことに岸森くんを巻き込んだりすることはできないし、何よりも私のことを彼が軽蔑するかと思うと、もう——だから折衷案として、あの気味の悪い甘利の口車に乗ってしまった

……仕方がなかった）

岸森由羽樹のことを追求するという喜びは捨てられない。それは無理だ。だから甘利が撮ってきた動画や写真で我慢するしかない。悔しいが奴の技術は超一流——プロのカメラマン並みだ。あいつもやはり樹梨亜同様に、宮下サイドに疑われそうになったので、代役が必要になったのだという。

（ああ、でも岸森くん——やっぱりあなたの近くにいたい……）

眼を閉ざした彼女が深い深いため息をついたとき、どこからかエレキギターの歪んだ音が聞こえた。

ジャーッジャッジャ、ジャッジャジャジャン……

やけに耳にまとわりつく感じで聞こえたので、樹梨亜は不快さも露《あら》わに瞼を開けた。そして

——眼が点になる。

「……え？」

そこは駅前ではなかった。人の雑踏もなければ、行き交うバスもない。まるで映画のシーンが切り替わったかのように、目の前の風景が全然異なるものに変わってしまっていた。

「え……」

知っている風景だった。よく知っている。しかし二度と見るはずのない風景でもあった。

それは市立幡山高校の、二年前の入学試験日当日の風景だった。

むっつりと陰気に押し黙った子供たちがぞろぞろと門をくぐって試験会場に入っていく、その中には自分も混じっている。そしてその彼女の前に、その少年が立っている。

初めて会ったときの、岸森由羽樹がいて、あのときと同じように彼女の方を振り返ってくる。

その美しい視線が彼女の胸を貫く。そしてあのときと同じ言葉を繰り返す。

「もしかして、おまえ——今、俺のこと見てたか？」

「————」

彼女が何も言えないでいると、由羽樹は、

「俺に期待したところで、どうせ何も叶えられないぜ——薄いヤツらは、何したって濃くならないんだから」

謎めいた言葉を残して、あのときの由羽樹はそのまま校内に消えていった……意味は不明だし、それ以来会話すらしていないが、それでもそのときの光景は脳裏に焼き付いている——しかし、このときは違った。

岸森由羽樹が、そのまま——彼女の前に立っている。

そして、じっ、と見つめ続けてくる。

その眼には、妙に潤いがない——艶消しの塗料を塗りたくっているかのように、べったりと光が吸収されている。

(こいつは――違う)

これは岸森由羽樹ではない――そもそもこれは、この白昼夢はなんなのか。

あまりにも彼のことを思い続けているが故の妄想――そんなものではない。記憶が錯綜《さくそう》していて、意識が混濁している――その可能性はない。

夢にしては生々しすぎる。混乱しているのなら、背筋がこんなにも冷たくなっているはずがない。

では、これは――

「これは歪曲王《わいきょくおう》という」

艶消しの眼をした由羽樹の顔をしているものが、静かにそう言った。

「人の歪みの中に君臨しているもの。どこにでもいて、どこにもいない――心の数だけ存在しているものだ」

「…………」

「だから塩多樹梨亜――おまえの歪曲王はこいつ、岸森由羽樹ということになる……だが」

艶消し由羽樹の顔が、みるみる渋い表情になっていく。

「これはまずい。これは行き過ぎだ。この心は歪み過ぎている――おまえは残念ながら、手遅れに近いほどに破壊されてしまっている――この歪みの元凶によって」

(え……?)

「これは邪悪だ。他の者を腐らせるためだけに存在している波紋——おまえがこいつから眼を逸らせないのは、本能的に危険を感じているからだ。野生動物が正体不明の者から眼を逸らせないのと同じ——自分から視線を外したら相手に喰われる——そう感じているから」

(………)

何を言われているのか、よくわからない……よくわからないが、しかし、すごく嫌なことを言われているような気がする。彼女の感性を全否定し、好悪を根こそぎにひっくり返そうとしているような、そんなおぞましさを感じる。

「おまえは、この声を受け付けられない——そのことが既に、これが邪悪である証明になっている。おまえの進む先にはただ、空っぽの空虚が口を開けて待っているだけ——」

「う——うるさいっ!」

彼女は思わず叫んでいた。

「うるさいうるさいうるさいっ! 黙れっ! もうそれ以上、岸森くんの顔して嫌なことを言うなっ!」

「おまえが嫌がろうとどうしようと、関係ないんだぜ、こいつが邪悪であるということは変わらない。こっちは所詮は、おまえの心の中だけの話で〝本物〟の方は、おまえの心のことなんか、これっぽっちも気にしてなんかいないんだから、な——」

絡みつくような言い方が、彼女の神経を激しく掻き乱す。

「黙れ黙れ黙れ！　黙れって言ってんだよ、この――」

と怒鳴ろうとして相手の顔を見て、その怒りが持続できない。岸森由羽樹の顔が正面から自分を見つめてくることなど、現実ではあり得ないから――だがその眼は、あり得ないくらいに艶消しになっているのだ。

「この……この――」

叫ぼうとしても、喉から声が出てこない。そんな彼女に、その〝歪曲王〟はさらに冷徹な、まさしく岸森由羽樹そのものとしか言いようのない口調で、

「おまえは欲しいものを決して得られない――自分で門を閉ざしている」

「やめろっ！　いい加減にしてっ！」

叫んで、思わず立ち上がった――立ち上がる？

白昼夢の中で、自分は校門前に立っていたはず――その中で、さらに立ち上がる？

はっ――と我に返る。

目の前の光景は、もう二年前の過去ではない。

現実の――現在の駅前ターミナルのベンチだった。

「あ……」

周囲の通行人たちが、何事か、という顔で自分の方を見ている。その瞬間的に驚いた感じの

表情から、どうやら最後の叫びだけを突発的に怒鳴って、後は夢の中の話だったらしい——深陽学園の生徒たちも大勢こっちを見ている。あわてて彼女はベンチから荷物を取って、その場から逃げるように走り去る。

（で、でも——でも今のは？　夢？　ちょっと疲れていたからついうたた寝しちゃって、それで——なの？）

あの歪曲王は、ほんとうに彼女の幻想の中にしかいないものなのだろうか？

〝欲しいものを決して得られない——〟

あの言葉が脳裏で何度も何度も反復される。それは時間が経つにつれて薄まることなく、ますます彼女の精神の中に濃厚な影を落としていくかのようだった。

「ううう……」

歯軋《はぎし》りしながら、樹梨亜は走っていく……交差点の所まで来る。信号は赤だった。慌てて停まる。

すると——その道の向こう側に、あいつが立っている。

黒帽子に黒マントの姿。他に似たような者などいるはずもない、今の彼女の標的——。

（み、宮下藤花——）

信号が青に変わる前に、黒帽子は人の雑踏の奥へと消えてしまった。

（もしかして――）

ここで樹梨亜は初めて、あの黒帽子もまた、自分同様に何かを追いかけて、探しているのではないか、ということにぼんやりと思い至っていた。

cadent 2

〈物々しい〉から〈図々しい〉に

デカダント・ブラックは
自分の方が相手より上だと思ったら調子に乗るが、
逆襲されるととたんに媚びへつらう。

——ブルドッグによる概略

1.

もうすっかり陽が暮れてしまって、本当なら家に帰っていなきゃいけない時間になってしまった。でも私はどうにも気になって仕方がないので、

「あのう、すみません。七〇六号室の甘利さんのところを訪ねたいんですが」

と、あの謎の事故現場で目撃した甘利勇人くんの自宅マンションを直撃することにした。管理人さんは、私の提示した学生証を睨みつつ心配そうな顔をして、

「えーと――新刻さん？　約束はあるんですか」

「いいえ。でも直に会って話をしなきゃならないことがあって」

「あー……」

管理人さんは少し天を仰いで、ため息をついた。

「甘利さんかあ――あの息子さん、なんかしちゃったのかなあ――」

「いや、まだはっきりしたことは」

「でもあんた、あれでしょ、深陽学園の風紀委員なんでしょ？　教師が即来ると面倒になりそうだから、代わりに来てんでしょ？　あーっ、後になってマスコミとか押し掛けてくると、他の住人からさんざん文句言われんだよなーっ」

心底嫌そうな顔をしている。今までも色々あったらしい。私は愚痴話に付き合うのも面倒なので、

「とにかく、甘利さんのところに連絡してくれませんか？」

と催促した。彼は渋い顔のままインターホンを操作していたが、やがて、

「応答がないね」

と言ってきた。

「留守なんですか？」

「わかんないね。どうする？」

「帰ってくるのを待ってもいいですか」

「えーっ、それはまずいね。他の住人の方が何事かと思うよ。あー――いいよ。もう入っちゃって。部屋の前で待っててよ」

「え？　いいんですか？」

「ここで追い返したら、また変に揉めるんでしょ。好きなだけ待ってなさいよ」

と、玄関のセキュリティを通してもらって、マンションの中に入った。

(甘利勇人の家族構成はどうなんだろう――特に記載がなかったと思うから、ふつうに両親がいると思うけど……でも、誰もいないのかしら？)

エレベーターに乗って七階まで行く。部屋は建物の端に位置しているようだった。とりあえ

ずその前まで行ってみる。いないことはわかっているが、一応呼び鈴を押してみる。当然、応答はない。

「ふう……」

扉に背を預けて、もたれかかる。するとかちっ、というかすかな音がした。あれ、と思って振り返って、ドアのノブに手を掛けてみると、やっぱり——あっさりと扉は開いてしまった。ロックが掛かっていなかったのだ。

(いや、おかしくない？　こういうところってオートロックでしょ？　なんで誰もいないのに、鍵が開いてるの？)

すごく嫌な予感がしたが——それでも私は、ふらふらと引き込まれるようにして部屋の中に入ってしまう。

そして、息を呑む。

「————っ」

他人の家で、しかも初訪問であるにもかかわらず、私はその中に靴を脱がずに、土足で上がり込んでいった。礼儀知らずもいいところだったが、仕方がない。床の上に乱雑に飛び散っているのはどう見てもガラスや陶器の破片であり、それが部屋中にびっしりと落ちている。

もはやただの枠になっている窓にはカーテンが掛けられていないので、外の明かりがそのまま入ってきていて、照明をつけなくても様子が視認できる。風向きが反対らしく吹き込んでは来ないが、うぉぉん、と空気の流れが唸りをあげる音が響いてくる。

リビングらしい場所のテーブルがひっくり返っていて、その上に置かれていたらしい食器類が全部落ちている。ガラス等の破片はそれのようだが、もちろんそれだけではなく棚という棚から皿やら何やらを根こそぎに引きずり出して撒き散らしたとしか思えない。そして、その上にはうっすらと土埃が積もっているのがわかる。何日も放ったらかしにしていないとこういう状態にはならないだろう。

（いや——あり得ないでしょう。今もここに住んでる？　いやいやいや——）

私が心の中でそう呟いた、そのときだった。

「新刻敬——おまえはなんにもわかっていない」

それは暗がりから聞こえてきた。私がびくっ、とそっちの方を見ると、部屋の隅にしゃがみ込んでいる人影があった。最初からそこにいたのに、私が気づけなかっただけだ。

「あ、甘利くん……？」

暗くてよく見えなかったが、その声と顔立ちは、確かに私が何度か見かけた甘利勇人くんに間違いなさそうだった。だが彼は首を振って、

「甘利勇人などという名前はただの欺瞞《ぎまん》だ。おまえが使う必要はない——あの忌々しい黒帽子の影と対等に話ができるおまえには、な」

と、ぼそぼそと聞き取りづらい声で言った。

「黒帽子、って——あなたもブギーポップのことを知っているの？」

「おまえよりはずっと知っている——」

眼が暗闇に慣れてきて、彼の顔がだんだん見えてきた。私のことを睨んでいる。

「それなのに、どうしておまえはあの黒帽子とあんなに馴れ馴れしく話なんかしているんだ……？」

その声には絡みついてくるような熱があったので、私はぞっとした。まさかこの人——

（私に嫉妬しているの……？）

「ち、ちょっと待ってよ——いったい何のことよ？」

「おまえなんか何も知らない癖に——たかだか風紀委員長っていうだけの、ありふれた小娘の癖に——」

ぶつぶつと呟いているその声には、本物の敵意が滲《にじ》んでいる。間違いなく、この少年は私を憎んでいる。

（——でも）

私は背筋に冷汗が流れ落ちるのを感じながらも、一方で妙に落ち着いている自分を発見していた。

すると甘利勇人が、ふん、と鼻を鳴らして、

「ただの小娘——しかし、少なくとも一度くらいは殺されかけた経験があるらしい……」

と言った。私が黙っていると、さらに、

「たとえば、この部屋に土足で入ってきたところ……ガラスが散らばっているところに足を踏み入れたくないからというだけじゃなく、すぐに逃げられるように備えている……玄関に立ちっぱなしでいると状況がわからないから、まず動いた方がいいという判断をとっさに下している——迷いがない。迷うのが一番危険だということを身体で知っている……」

と言葉を続けてきた。こんな気味の悪い少年に分析されるのは決して気持ちの良いものではなかったが、しかしそれでも、私はそれほど動じていなかった。

そう……確かに。

確かに前のときよりはマシだった。私が早乙女正美《さおとめまさみ》という少年に殺されかけたときよりはずっと気楽な状況なのだった。

(私は……もしかして修羅場に慣れてしまっているのか)

それはそれで、うんざりするような感覚だった。そんな私の表情を読んだのか、甘利勇人が唇の端を歪めて、

「ほう、おまえ、面白い眼をするじゃねえか——俺が怖い癖に〝それはそれとして〟って割り切っている眼だ。生意気で気に食わないが、しかし少なくとも他の鈍感そのものの連中とは少しばかり違うらしい——」

と言った。もしかして笑っているのか、と私がそのいびつな唇の歪みに、うげげ、と不快な

気分になったところに、彼は、

「なあ風紀委員長――おまえも、もしかして薄々は気づいているんじゃないのか？」

「……何の話よ？」

「他の連中が皆、どうしようもなく汚れてしまっているということを」

「…………」

「こんな汚れた世界は正さなくてはならない、それを感じているんじゃないのか？」

「…………」

「この世界は闇に染まってしまっている。どこを向いても腐って黒ずんだ翳《かげ》りが喰い込んでいる――こいつは一度、何もかもをひっくり返して綺麗《きれい》なものに変えてしまう必要がある――そのことを悟っているんじゃないのか？」

真顔でそう言う。私は末真さんに言われた言葉を思い出していた。

〝自分は正義側だって思っているから、始末が悪い〟

この少年もまさしくそういう状態にあるのだろう。末真さんに教えてもらっていて助かった。もしなんにも備えていなくていきなりこんなことを聞かされていたら、私はもっと動揺してしまっていただろう。

「……ずいぶんとご立派だけど、でもそれと宮下さんをつけ回すことの関係がよくわからないわね」

私がそう言うと、甘利勇人の顔から笑いが消えた。そしていきなり激昂《げきこう》して、

「宮下藤花などという下等な女に興味などない！」

と強い声で叫んだ。その勢いに私は少し気圧《けお》される。

「え？」

「この偉大なる〈フラッシュ・フォワード〉が、あんな冴えない一山いくらの女子高生如きに執着していると、おまえは本気でそんなことを思っているのか？　ふざけるな……俺が興味を持っているのは、ただひとつ——ブギーポップの謎だけだ！」

眼からぎらぎらと怪しい光を放ちながら怒鳴る姿は、とても正気とは思えなかった。そしてこの少年にとって、正気というのは別に自分の利益になる対象ではなく、故に無視してかまわないものなのだ——それを思い知る。

「つ、つまりあなたは、宮下さんじゃなく……ブギーポップのストーカーなの？」

ただでさえ訳のわからない事態が、ますますややこしくなってくる……この少年が過去のどこでブギーポップと遭遇したのかは知らないが、そこで彼はあの奇妙な黒帽子に執着するようになってしまったのだろう……同級生の宮下藤花ではなく、その陰にいる別の人格の方に。

「ストーカー？　馬鹿かおまえは——そんなものは塩多樹梨亜だけだ。俺が手に入れたいのはブギーポップ自身ではない……その立場だ。あの〝死神〟という立ち位置《ステータス》の方だ」

「す、ステータス？」

私は耳を疑った。彼はいったい何を言ってるのだろう?

「おまえなら薄々勘づいているはずだ、風紀委員長——ブギーポップが〝特別〟だということを。あいつはまるで、そう——運命から依怙贔屓《えこひいき》でもされているかのように、いつも決定的なところに現れて、最後の締めを任されているかのようだ——大した能力など持っているようにも思えないのに」

彼は怒りを露わにして歯軋りしている。それはさっき私に向けた感情の、さらに濃厚なものだった。

この甘利勇人は、ブギーポップに嫉妬しているのだ——。

「なんであいつだけ、あんなにも特別扱いが許されているんだ。俺とあいつと、いったい何が違うというんだ。世界の運命を握る重要な地位が与えられるべきはあんなのじゃなく、この俺であるべきなのに!」

「ば、馬鹿言ってんじゃないわ——ブギーポップなんて、自分でも自動的だって自嘲しているような、得体の知れない存在じゃないの。そんなのにライバル意識を持っているなんて、あなた——ちょっとおかしいわよ!」

言っても無駄だと言うことはわかっているのだが、つい言い返してしまう。すると甘利勇人は私をじろりと睨みつけてきて——そしてまたニヤリと笑った。

「いいや、おまえにもわかっているはずだ、風紀委員長——おまえもブギーポップのような絶対性に憧れている。自分の身の周りにある理不尽の数々を、決定的なパワーで綺麗になぎ払ってしまいたいと心のどこかで思っている——そういうヤツでないと、そもそもこのマンションに一人でやって来たりはしない」

落ち着いた静かな声でそう言われる。

「私は——」

反論しようとしかけて、しかし私はそれ以上に嫌でも気づいてしまうことがあった。

（この人——なんでこんなことを、べらべらと私相手に喋っているのか）

私が口ごもってしまうと、甘利勇人はさらに深い笑いの皺を顔に刻んで、

「おまえだって思っているだろう。そう——〝なんで宮下藤花なのか？〟ってな。あんなどうでも良いような没個性の女にどうしてブギーポップなんていう化け物が取り憑《つ》いているのか？　そう——どうして自分じゃないのか、ってな」

「私は——」

「おまえだって考えたことがあるはず——自分の意思ですべてを決定したい、と。代われるものなら代わりたい、チェンジを要求したいって願っている——」

くっくっくっ、とまるで黒板を爪で引っ掻いたときのような甲高い笑い声を洩らす。

「そう、おまえと俺はどこか似たもの同士なのかも知れない——世の中が気に食わなくて、俺はより直接的な方法を狙っているが、おまえはせいぜい風紀委員長をやって適当に正義ヅラし

ているだけという差はあるがな」

「──────」

　私はあらためて荒廃した室内を見回す。

「……あなたのご両親はどうしたのよ」

「あいつらは三年ぐらい前から、ずっとここには住んでいないよ。それぞれの愛人の所にずっと入り浸っているんだ。ああ、誤解するなよ──別にあいつらに無視されているから、俺がこんな風になった訳じゃない。俺を変えてしまったのはただひとつの存在──ブギーポップだけだ」

　彼の顔は真剣そのものだった。ここで私は理解する──彼の中にある論理は強引であり、視野狭窄《きょうさく》であり、自分勝手なものであるが、それでも──いや、だからこそ彼を屈服させるには、同じ土俵に立たなくてはならないのだということを。

「……どうして私に、そんなことを話すの？」

「さあ、どうしてだろうな──だが少なくとも、状況を知ってしまった以上、おまえはもう動かないでいることはできまい」

　くっくっくっ、とまた笑う。

「もしも俺がブギーポップのパワーを宮下藤花から奪うことに成功してしまったら、おまえはどうするんだ？　それを黙って見過ごすことができるのかな。さあ──どうする？」

彼がそう言うと同時に、破れた窓からどっ、と空気が入ってきた。風向きが変わったので一気に土埃《つちぼこり》が混じって吹き込んできたのだ。

うっ、と私が思わず顔を伏せて、そして面をあげたとき——もうそこに甘利勇人の姿はなかった。

慌てて窓際に駆け寄ったが、彼はもう影も形もなかった。七階だというのに——。

（これって、いったい……？）

甘利勇人。彼もまた常人ではあり得ない不思議な力を持っているのだろうか——そして、それを使って何を企んでいるのだろう？

2.

……塩多樹梨亜が宮下藤花の自宅に先回りして張り込んでいると、彼女が帰ってきたのは夜の八時過ぎになってからだった。

（一応、帰宅のタイミングを予備校の時間割に合わせてあるのか……親に余計な疑いを持たれたくないとか、そういう狙いなのか？）

樹梨亜は混乱しかけていた思考をなんとか整理して、やらなければならないことに注意を集中しようとした。余計なことで迷っている場合ではない。とにかく今は、宮下藤花の動向をくまなくチェックすることだ、それが私の――と考えていたところだった。

自宅の前に着いて、今まさに玄関の門扉を開けようとしていた宮下藤花が、急に立ち停まった。

なんだ、と思ったら彼女はポケットの中から携帯電話を出した。着信があったらしい。

彼女はその場で電話に出て、家の中には入らない。

なんか揉めているらしく、その場でぐるぐると歩き回りながら誰かと話している。

(なにやってんだ……?)

樹梨亜はだんだんイラついてきた。すると数分後、宮下藤花は電話を耳から離して、そしてくるっ、と自宅に背を向けた。

そのまま走って、もと来た道を逆行していってしまう。またどこかに出掛けるつもりらしい。

(な、なんだあいつ――誰からの電話だったんだ?)

焦ったが、しかし宮下藤花自身が焦って走っていくので、こっちも尾行を勘づかれる危険も少なかろうと思って、素朴にスクーターで後を走って追った。歩道と車道のきわどいところをライトを消しつつゆっくりと走る。

(ずいぶんと必死みたいだけど――今の電話の相手のところに行くのか?)

宮下藤花はバス停留所に行って、ちょうど来たバスに飛び乗るようにして乗った。樹梨亜はもういいだろうとスクーターを車道に出してライトを点《つ》けて加速した。

バスが駅前に着く二つ前の停留所で宮下藤花は降りた。そしてまた走っていく。樹梨亜もスクーターを停めて徒歩に切り替えて追う。

(自宅からそんなに遠くないな——同じ学校に通っている奴のところかな)

深陽学園の関係者ではないかと樹梨亜が目星をつけたところで、宮下藤花はマンションの建物の前で停まって、そして電話を掛ける。相手を呼び出しているらしい。果たして一分としないうちに、一人の男がマンションの中から出てきた。

(あれ？　あいつって——)

樹梨亜はその男の顔に見覚えがあった。宮下藤花のことを調べろと甘利のヤツに言われたときに渡された資料の中にその写真があった。

(そうか——竹田啓司。あいつが宮下藤花が付き合っている先輩か——いや、この前の卒業式で、もう学校の先輩ではなくなった訳か……なんだよ、つまんない痴話《ちわ》喧嘩《げんか》かよ)

彼氏と揉めて、カッとなって相手の家に押し掛けるなんて、宮下藤花もずいぶんと凡庸なところがあるんだな、と樹梨亜がなかば呆れたが、すぐに思いつく。

(そうだ……この二人のいちゃつく様子を甘利のヤツに見せてやれ)

暗視カメラを回しつつ、樹梨亜はいびつな快感を覚えていた。宮下藤花に入れ込んでいる甘利勇人が、彼女が男にぴったりひっついている様子を見たらどんな顔をするだろう、と思うとニヤニヤ笑いが浮かんでくる。いつも引きつったような顔をしているあいつの顔がさらにぴくぴく痙攣《けいれん》するのかな、と思うと愉快になってきた。

（ええい、いっそキスでもしないかな。そうすればもっと面白いのに……）

しかし彼女の期待に反して、二人は大して寄り添う感じもなく、抱き合うどころか手も触れずに、そのまま数分話し合っていたかと思うと、藤花の方がさっさときびすを返して、帰ってしまった。

（ああ——ちくしょう）

樹梨亜は舌打ちして、自分も戻ろうかと思ったが、ふと、

（いや——このまま竹田啓司の方を監視してみるというのはどうだろうか）

と考えた。もしかしたら竹田啓司の方になにかあるかも知れず、それを甘利に教えてやる方があいつにとっても収穫なのではなかろうか。

（そうだ、それがいい——私も正直、これ以上女を監視しているのが嫌になってきているし。どうせなら男の方がいいわ）

もちろん本来の対象である岸森由羽樹に比べたら竹田啓司など月とスッポン以下のゴミに過ぎないのだが、それでもマシだわ——と樹梨亜は久しぶりに自分の判断に満足していた。

＊

（……でもあの野郎、まさかそのまま徹夜するとは――）

樹梨亜は眠い眼をこすりながらあくびを嚙《か》み殺した。

竹田啓司の部屋は一晩中ずっと明かりが点きっぱなしで、開けた窓からはかすかな音楽がずっと流れ続けていた。ボリュームを絞っているから近所迷惑にはならないギリギリの音量で、壁越しには聞こえないが、外から集音マイクで探っている相手には聞こえるという具合だった。

どうやら何かを描いていたらしく、ざっざっざっというスケッチ音がずっと続いていた。竹田啓司は資料によると進学せずにデザイン事務所に就職したという話なので、仕事を家に持ち帰っていたようだ。

そして翌朝の六時頃にはあたふたと大きな板のような荷物を抱えて家から飛び出して、駅の方へと向かっていく。

（切羽詰まった締め切りに間に合わせなきゃ、とかそういうのか？　彼氏がそんな状態のときに宮下藤花は押し掛けてきたりしてたのか。やっぱりしょうがない女だなあいつは。ちょっとだけ竹田に同情しそうになるわ）

隙だらけの竹田を追跡するのにはほとんど注意が要らない。まだ通勤ラッシュには早いので通行人に紛れて見失う心配もない。駅で電車に乗って、繁華街の方に出て、少し奥まったところにある雑居ビルの中に飛び込んでいく。どうやらそこに職場があるらしい。

（うーん、ただの出勤かあ……どうしようか、しばらくあいつ、このまま仕事だろうから、私は引き上げて睡眠をとっておくか。宮下藤花の方も完全にほったらかしって訳にもいかないだろうし――）

と樹梨亜が電信柱の陰で考え込んでいた、そのときだった。

「あのう――あなた、もしかして竹田先輩に何か用があったんですか？」

と背後からいきなり声を掛けられた。よく知っている声だった。ぎょっとなって振り向くと、果たしてそこには当然、その女子高生が立っていた。

「家からずっと後を尾《つ》けてたみたいですけど――竹田先輩の知り合いですか？」

宮下藤花だった。

3.

市立幡山高校。

県下では決してランクの高い方ではないが、徹底した成績別クラス分けのシステムによって、低い進学率の割には名門大学の合格者を毎年輩出しているという少し変わった学校である。体育会系の部活動も強いところと弱いところが極端にはっきりしていて、テニス部はインターハイの常連だが、野球部はいつも一回戦か二回戦で敗退する。

私は半ば無理矢理に学校の用があることにして、その学校を訪ねていた。

「それで、えーと……しんこくさん？」

「にいときです。新刻敬です」

「ああ、変わった名前ね。新刻さん。風紀委員長の仕事は大変かしら」

「もう慣れましたので。それにあと少しで引退ですし」

「うちの高校にはそもそも風紀委員会自体がないから、どういう感じかよくわからないわ。立候補してなるの？　それとも先生が決めるのかしら」

「まあ、どっちとも言えない感じで――」

対応してくれた先生の話を適当な感じで流しつつ、私は校内の様子をそれとなく観察し続けていた。

……そもそもどうして私がこの幡山高校に来ようと思ったのかというと、昨晩のあの甘利勇人との遭遇の後で知った事実からだった。

すっかり圧倒されて、すごすごと部屋から引き下がった私は、あの管理人に甘利家の惨状を告げるべきかどうか迷っていた――するとエレベーターに乗ろうとした私のところに、同じ階の住人の人が来て、おそるおそる声を掛けてきたのだった。

「あのう——あなた、深陽学園の人？」

私は戸惑いつつも、そうです、と答えるとその婦人はなにか怯《おび》えた様子で、

「さっき甘利さんの部屋から大きな声が聞こえてきたけど——何かあったの？」

「え、えーと……私の口からは、なんとも」

近所の人に知らせると、彼らを巻き込むことになってしまう気もしたので、とっさに私は白を切ることを決断していた。と言って嘘はつきたくないので、こんな曖昧な言い方になってしまう。追及されるかと思ったが、その婦人はその話をそこでやめて、違う話題を振ってきた。

「あのう——甘利さんの息子さんは、今でも深陽学園の生徒なのかしら？」

意外な言葉に、私が、

「え？」

と眼を丸くすると、その婦人はさらに
「だって私、ちょっと見かけたことがあるんだけど、あの息子さん、違う制服を着ていたことがあったから——あれって確かに、幡山高校の制服だったわ。だから転校したのかと思ったんだけど——だってほら、あなたたち深陽学園って結構レベル高いじゃない。だからあの息子さんじゃついていけなくなったのかと——だってほら、あの息子さんって時々朝帰りしてるし。ていうか、ご両親は最近ほとんどお見かけしないし——だから」

と言葉を畳みかけるように続けた。誰かに言いたくてたまらなかったことを吐き出しているような感じだった。その間にエレベーターが到着したので、私は逃げるようにして、

「あの、それじゃ」

とその場から離れたのだが、しかし聞いた内容はしっかり脳裏に刻まれていた。

幡山高校――

そこにはもしかして、ここ最近の甘利勇人が学校に来ていなかった、その理由があるのではないだろうか、と思ったのだ。

……で、私は翌日にはこうして、幡山高校にやって来ている。我ながらムキになっているとしか思えないが、しかし今さら引っ込みもつかない感じだ。

(でも今日、宮下さんは学校に来なかった……もう期末試験も終わって終業式も近いから、出席日数とかはほとんど関係ないんだけど、でも……気になるわ)

ブギーポップの格好でまた街をさまよっているのだろうか。文句を言われたばかりだから、私としてはそっちじゃなくて、こっちに来ている方がいいのかも知れない――と、頭の中で色々な考えがぐるぐると巡る。宮下さんが来なかったから、当然ストーカーの気配もなかった。あのストーカーは今となっては甘利勇人としか思えないが、しかし私にはまだ少し違和感がある。感じたはずの視線と甘利勇人の、なんというか……視線の〝密度〟が違うことがまだ心の

端に引っかかっている――とにかく、すべてが未確定だった。
「それで新刻さん、うちの高校で調べたいことがあるんですって?」
　廊下を歩きながら、案内の先生はずっと話しかけてくる。私はろくに話を聞いていなくても
こういうのに反応するのはうまい。無意識で勝手に言葉が口から出てくる。
「ええ、ちょっと確認しておかなきゃいけないことが出てきて。過去の資料を整理してたら、
そちらの学校とうちの高校での運動部の練習試合の対戦成績のスコアに空欄があって。部活の
予算はうちの場合、過去の実績から決められますので、もし成果が上がってなかったのに予算
だけ増えていたら、ちょっとこれはまずいってことで――まあ、確認です。たぶんなんでもな
いとは思います」
「すごいわねえ。そんな管理まで生徒がやってるのね、深陽学園って」
先生の声はなんだか変に昂揚《こうよう》している。余所者《よそもの》が来るのが珍しいのだろうか――と私が考え
たときに、急にどこからか、がしゃん、という大きな音が響いてきた。私がびっくりして立ち
停まると、先生は振り向いて、
「なに、どうかした?」
　としごく冷静に言う。
「い、いや今、なんかすごい音が」
「別に大したことじゃないでしょ。珍しくもないわ。大勢の生徒がいる学校なんだから」

「で、でも——」

そう言っている間も、がしゃんがしゃんがしゃんと破壊音のような騒音が連続している。そしてふいに止《や》んで、後は不気味なくらいに、しーん——と静まり返る。

「…………」

私が動けないでいると、横から先生が私の顔を覗き込んできて、

「——」

とまじまじと顔を見つめてきた。その眼がなんだかガラス玉のようにぎょろりとした光を放っているように見えた。私が絶句していると、先生は突然に、

「——きゃはははははははははははっ！」

と大声で笑い出した。私が唖然としていると、先生はさらに笑いながら、

「なーんか温室育ちね、やっぱり！　あははっ。ずいぶんと繊細なんだあ！　ひひっ——」

と身体を上下に揺すって大声を出す。私は思わず周囲を見回してしまう。だが廊下の扉はどれも開かず、誰もこの奇声に反応する様子がない。

（な——なんなの、この学校——？）

私が気後れしていると、先生はそれまでの狂騒が嘘のように、ぴたっ、と真顔に戻って、

「——こっちよ」

と私を置いて一人でさっさと歩き出した。焦って私は小走りで追いかける。廊下は走るな、

というのは学校生活の基本中の基本だったが、先生は何も言わなかった。

「ここが資料室。大抵の記録はここに保管する決まりになっているから、あなたが知りたいこともあるんじゃないかしら？」

「は、はあ――」

「それじゃ。終わったら職員室に鍵を返しに来てね」

「え？　あの、ちょっと――」

と私が声を掛けたときには、もう先生はさっさとその場から去ってしまっていた。

（え、えーと……）

私は動揺しつつも、仕方ないのでその資料室の中にある席に腰を下ろした。パソコンがあるので、立ち上げてみる。キーワードで管理されているかと思ったが、そんなこともなく普通に生徒の名簿とかが出てきてしまった。大丈夫なのかこの学校――と訝しみつつ、なにか引っかかることでもないかな、と名簿を斜め読みする。結構知っている名前がある。中学時代や小学時代の同級生が割といるな、彼らは私の知っている頃とはどれくらい変わったのだろうか……などと考えていたら、途中で、あっ、と気がついた。

〝塩多樹梨亜〟という名前を発見したのだ。

（これって――昨日、甘利勇人がふと洩らしていた名前じゃない？）

この樹梨亜というのは幡山高校の生徒だったのか。この事実は色々なことを考えさせるが

──私が真っ先に思ったことは、

（これって──もしかして、塡《は》められたのかしら、私は──）

という恐怖だった。私は甘利に、塩多樹梨亜を追跡するように誘導されたのではないか。そういえば甘利勇人がここの制服を着て人目につくように動いていたというのはかなり怪しい気もする。迂闊だったのか。しかし──といって選択肢があるとも思えなかった。塡められていたとしても、虎穴に入らずんば虎児を得ず、ということにしかなるまい。さてどうしようか……と私が腕を組んで考えようとした、そのときだった。

がたん、という大きな音と共に私のいる資料室の扉が乱暴に開けられた。

びくっ、として振り向くと、数名の男女混じった生徒たちがずかずかと室内に入ってきて、

「おまえか？　深陽学園の風紀委員長とかいうヤツは？」

と、あからさまな威嚇口調で話しかけてきた。

4.

「なんですか、あなたたちは──」

と私が話しかけようとしたときには、もう彼らは私のことを取り囲んでしまっていた。逃げられない。

「ずいぶんとチビだなあ！　ほんとに高校生か？　実は小学生が歳ごまかしてんじゃないのか？」

げらげらと笑われる。当然かちんとくるが、しかしそれよりも、なんだか――この極端な反応はさっきも見たような――。

「訳のわかんねー言いがかりをつけてきて、うちの高校にケチつけようってのか、ああん？」

私の座っているキャスター付きの回転椅子の端を蹴飛ばされる。私は軽いので、くるくると回ってしまう。すると彼らはまたぎゃはははと笑う。

「おい風紀委員長さんよぉ――いい気になってんじゃねーのか、ええ？」

「自分たちが何か言い出せば、幡山の連中は逆らえっこないとでも思いこんでんのか、おいこら！」

「あの――」

私は一応、理に適《かな》った説明をしようと口を開いてみた。でもやっぱり彼らは何も聞こうとせずに、また私の椅子をくるくると回す。私は転ぶこともできずに、されるがままだ。

（どうする――？）

いつもの私だったら、大声を出して助けを呼ぶだろう。だがさっきの出来事からして、ここで大きな声を出しても誰も反応してくれないのではないかという疑念が消えない。となると逃げるしかないが……そのルートはすべて塞がれている。

怖い。それはもちろんだ。パニックになって暴れだしてしまいそうな気持ちもある。

しかし……それでも私は、なんだかこの状況が全部、お膳立てされた芝居じみた筋書きをなぞらされているような——そういう違和感があった。この学校は全体的に不自然で、そしてそれにはなにか……根っこがあるような——

私が何も言わないで、ただ彼らに脅されるがままにしていると、二分ぐらい経って——やっとそれが現れた。

「おいおい、何を騒いでいるんだよ、おまえらは」

それは奇妙な声だった。どちらかというとがさがさとした響きの低音なのに、妙に通りがいいというか、はっきりと耳に届く。

場の空気を変える声——まるで舞台劇の中の〝主役登場〟だった。

「あっ、岸森くん！」

女子の呼びかけはほとんど黄色い歓声のようだ。みんなが一斉に彼に注目する。私にとって、そいつは初対面ではなかった。

（こいつは——あの駅前で会った、妙に失礼な男——）

ブギーポップが彷徨《さまよ》っている街で、同じように何かを探している様子だった男子高校生。

岸森由羽樹——そういう名前のはずである。

会えるとは思っていなかった相手が、今ふたたび、私の目の前に立っていた。

「おう岸森、いいとこに来てくれたよ。こいつ、怪しいんだよ」

男子の一人が、一見対等で親しげな調子があるが、しかし歴然と序列が下という媚びた声で言う。

「ほう、怪しいのか。深陽学園の制服だな？」

「風紀委員長なんだって。偉そうに気取ってやがんのよ」

「へえ——風紀委員長ねえ……」

岸森由羽樹は、私のことを遠慮のない眼でじろじろと見つめてきて、そして、

「どこかで会ったか？」

と訊いてきた。私が、ええ、と答えると、自分から言ってきた癖に眼を丸くして、

「えー？　俺今、テキトー言ったんだがな——ホントに会ったことあんのか？」

とせせら笑うように言った。すると横から女子が、

「岸森くんに近寄りたくていい加減なこと言ってんじゃないわよ！」

と怒った。まったく筋が通らない。適当なことを言ったのは岸森由羽樹の方ではないか、と私は思ったが、怒りは感じなかった。

それどころではなかった。

私から一瞬たりとも眼を逸らさずに、ずっとこっちを見つめてくる岸森由羽樹の眼に、私は背筋が凍るような寒気を感じていたのだった。

それは私のことなど、なんとも思っていない眼だった。人間と思っていない――というよりもこいつは、そもそも他人のことを自分と同じ存在だと思ったことなど過去に一度もないのではないだろうか。

（だってこいつ――この部屋に入ってきてから一度も仲間たちの方を見ない。彼らのことなど全然、なんとも思っていない――）

私は以前にもこういう少年と会ったことがある。だがその少年はこいつよりもずっと巧妙で、世のすべてを軽蔑しきっていることを周囲に決して悟らせなかった。それに比べるとこの岸森由羽樹はなんというか、そう――

（粗雑――でも、だからこそ何をされるかわからない）

その恐怖があった。私の眼にその怯えが浮かんでしまったのだろう。岸森はせせら笑いを浮かべたまま、

「風紀委員長っていうのは、なんかいいよな」

と絡むように言ってきた。私が応えられないでいると、さらに言う。

「白黒はっきりつけます、って感じしねーか？　馴《な》れ合いは許しません、とかよ。そーゆーの、俺って割と好きなんだよな。おまえ、どうなの？　白黒つけたい方なの？」

「…………」

「なあ風紀委員長、あんたは自分が正義の〝白〟だと思うか？　悪い方の〝黒〟じゃなくて」

「――新刻敬」

「は？」

「私の名前よ――風紀委員長っていうのはうちの学校の中だけのこと。ここじゃその肩書きに意味はないわ」

私がそう言うと、岸森由羽樹は少し眼を細めた。せせら笑いがなくなって、真顔になる。

「ほほう――新刻敬か。なかなか根性がありそうだな。それによく見れば、なかなか可愛《かわい》い顔をしている。うん」

「………」

「人心を惹きつけるカリスマがあるな。意志の強さが他人から嫌われるのではなく、感心されて、好感を持たれやすい――そういう傾向があるだろう？」

「………」

「では、改めて新刻敬――おまえは自分が〝白〟だと思うか？」

「善悪と色彩は関係ないわ。黒が悪いって誰が決めたのよ？」

私が当然の反論をしたが、これに岸森由羽樹は真顔のまま、平然と、

「俺が決めた」

と言い切った。無意味で子供じみた強弁か、と私が眉をひそめたところで、岸森はふう、とため息をついて、

「なあ新刻敬——おまえぐらいなら、なんとなくわかると思うが——今、この世の中というのはだんだんと〝黒く〟なっている。だんだん悪くなってきている——いずれは全部がぼんやりとした漆黒になってしまうんじゃないかって、俺はそれを心配している。そういう人が堕落した果てにある〝黒〟のことを、俺は〈デカダント・ブラック〉と名付けて、呼んでいる——」

と奇妙なことを言いだした。私がますます訝《いぶか》しげな顔になると、岸森はうっすらと微笑《ほほえ》んで、

「意味がわかるか？」

「全然、理解できないわ」

「正しくは、半分くらいは、だろう？　話の前半の、世の中が〝黒い〟あたりまではなんとなく共感できるはずだ」

「どうして、そんなことがあなたにわかるのよ？」

「おまえが〝濃い〟からだよ、新刻敬——おまえは他人よりもずっと濃い。だからおまえは必然的に、他人の〝黒〟が、そのだらしない薄さの広がりが気に入らない——」

彼の、妙に掠れている癖に耳の奥にまで響いてくるような声が迫ってくる。

「さっきおまえが言ったことの、半分は正しい——色に善悪は関係ない。だがそれは意味が違う。世の中にはそもそも最初から〝善〟なんてものは存在しない。だから〝白〟も実はない。あるのはただ〝黒くないところ〟だけだ。善というのはつまるところ、悪でない部分に過ぎない。だから黒が一点に集中して濃ければ濃いほど、それから切り離された〝白〟もまた鮮明に

なる」

岸森由羽樹は、私のことを見ているようで、見ていない。その視線はなんだか私の前後にあって、私自身には焦点が合っていないような――では彼はいったい、何を見ているのか？

「世の中には二種類の人間しかいないんだ、新刻敬――〝濃い〟人間と〝薄い〟人間だ。俺にはその見分けがつく――ああ、今おまえの濃さが少し減ったぞ。怯えているのか疑っているのか、とにかく気持ちが乱れたな」

「……何言ってるの、いったい？」

「非常識な話さ。常識では割り切れない次元の話だからな。だが……どうやらおまえ、初めてじゃないな？　俺よりも前に、俺と同じくらいに特殊なものと遭遇したことがある……そうだろう？　おまえの〝濃さ〟を視《み》れば、俺にはおまえの状態が手に取るようにわかるからな」

真顔で喋り続ける。ここで私はやっと気がつく。

いつのまにか、周囲にいる他の生徒たちが一言も発さなくなっている。まるで人形のように、無言で立っているだけだ――私を取り囲んだままで。

「う――」

「デカダント・ブラックだよ、新刻敬――それがない人間は存在しない。精神にある闇の濃度、それはすなわち、その人間の根幹を成している要素。その濃度がわかるということは、どういうことだと思う？」

「――」

「薄まらないな。混乱しないようだ。つまり――おまえにはもうわかっているということ。どうしてこの生徒たちが、自分の意思を無くしてしまっているのか、を」

ぱちん、と岸森が指を鳴らすと、生徒たちはゆっくりと動き出してきて、私の身体を摑んできた。ものすごい力だった。私は簡単に動けなくなってしまう。

「そうだ――俺には人の精神にある闇の部分を、その〝黒〟の濃淡を変化させることができる――パレットに絞り出された黒と白の絵の具を混ぜるように、他のヤツの色を別の奴に移して、より濃くしたり、薄くしたりできるんだよ――ああ、これはちょっと難しくて、今ひとつ理解できないか。まあいい、すぐに自分の身で体感できるから――ここにいる連中の、その大半の〝黒〟を、おまえの上に移してやるから――」

ふうっ、と岸森由羽樹が私に向かって煙草《たばこ》の煙を吹きかけるように、息を吐いてきた。目の前が濃霧に包まれたようになって、何も見えなくなる――。

「ひとつレクチャーしてやると、な――デカダント・ブラックには習性があって、より濃い者の方に、薄い者が引っ張られるという傾向があるんだ。不自然なまでに濃いデカダント・ブラックを持たされるおまえは、これから他人の弱気につけ込んで思いのままにできるパワーを持つことになる。心して使ってくれ。それじゃ、せいぜい役に立ってくれ――」

――何も見えなくなり、暗闇の中に引きずり込まれるような感覚に呑み込まれて、そして……

＊

……そして、はっ、と我に返る。

私は資料室にいる。椅子の上に座ったままだ。

「…………」

私の前には、途中で押し掛けてきた生徒たちがまだいる……しかし、彼らを見て私はなにか違和感を覚えた。

（……あれ、こいつらっていつからいたっけ？）

それに、もう一人誰かいたような……でも、それは思い出せない。考えるまでもなく、それはもう塗りつぶされていて絶対に意識にのぼらないとわかる……なんで塗りつぶすなんて言葉を思いつくんだろう？

「……なんなのよ？」

私が強い声を出すと、幡山高校の生徒たちはいっせいに、びくっ、と怯えたような顔になった。

「なんであんたたち、ここにいるのよ？」

私は自分でも少し驚くくらいの、強い声を出していた。

「い、いや……ただなんの用かな、ってだけで……深陽学園の人なんて珍しいから……風紀委員長なんて」

「なに、私が風紀委員長だって知ってるのに、大勢で押し掛けてきたの？」

「いやあ、それは——」

「だらしない人たちね。ていうか、この学校自体がだらしないわ。なんなのよ？　資料だってロクに整理されていないし——ああもう」

私はなんだか、ひどくイライラしていた。喉の渇きに耐えられないように、ささくれだった気持ちを抑えることができない。

「まあいいわ——あなたたち、この資料にある、塩多樹梨亜って女子生徒のことを知らないかしら？」

私は質問と言うより、ほとんど命令していた。彼らはそれに対して素直に、

「塩多って……あの娘、まだ退学になってないんですか？」

「いや、まだ在学中のはずだよ。確かに出席日数がぎりぎりすぎて、留年は確実とか言われてるけど」

「滅多に学校に来ないんです、あいつ」

とあれこれ知っていることを喋る。私はうなずいて、

「怪しいヤツってことね――これは調べなきゃいけないわ。何かを握っているのは間違いない。塩多樹梨亜と甘利勇人――連中を揃って捕まえないと――」

口にした後で、私は少し驚く。

（私、今なんて言った？　捕まえる、って――本気で言ったの？）

そしてどうやら、それは心底からの本気らしいということを自覚する。そうだ……私はその二人を真剣に、私の前に引きずり出したいと思っている……。

（そして、その方法を私は既に知っている……目の前の、この思慮に欠ける連中を――）

私は資料室に押し掛けてきた生徒たちに向かって言う。

「ねえ、あんたたち――やっぱり自分たちの学校が不祥事に巻き込まれたら、嫌でしょう？」

「そ、そりゃあ――」

「じゃあ、私の言うことを聞いてくれないかしら――あんたたちで、塩多樹梨亜を連れてきてくれないかしら。私のところに――ああ、人手が足りないなら、友だちに助けを求めてもいいわよ。だって――群れるのが得意なんでしょう？　あんたたちは」

私は自信たっぷりに言っている。どういう訳か、私にはわかっている――こいつらは私に逆らうことはできないのだ、と。

「わ、わかったよ――」

彼らは弱々しくうなずくのが精一杯だった。

（……ううう、どうしてこんなことに？）

5.

塩多樹梨亜は混乱の極みにあった。

「それで樹梨亜は、その友だちに頼まれて、竹田先輩を調べていたのね？」

宮下藤花が馴れ馴れしく名前で呼んでくるが、これに樹梨亜は逆らうこともできずに、

「う、うん――でも宮下さん……」

「藤花でいいわ。私たちは今、同じ目的で動いている、いわば仲間なんだから――」

彼女は妙に鼻息荒く、そう言ってうなずきかけてくる。樹梨亜は反論できず、

「う、うん――わかったわ、藤花」

と追従するしかない。

彼女たちがいるのは、竹田啓司が勤めているデザイン事務所の前にあるファストフード店の二階ボックス席だ。店員は常駐していないし、他の客もたまに階段を上ってくるが、数分で食事を終えて帰ってしまうので、事実上、この二人で占領している。

二人はもう、何時間もずっとここで竹田啓司の動向を探り続けている。といっても彼はまったく外に出てこず、昼食にも出掛けなかったので、ただただ建物を見つめ続けているだけであ

るが。

「でも、樹梨亜の友だちの、竹田くんにつきまとわれているっていう女の子は、それは誤解だってわかったでしょう?」

「え?　えーと……」

「まだ疑っているのね。まあいいわ。もうちょっと見てればわかるでしょう」

藤花は喋りながらも、ずっと事務所の方を見ている。

あの嘘を信じているんだろうか、こいつは……と樹梨亜は疑心暗鬼の状態にある。

そもそも、最初に藤花が声を掛けてきたとき――樹梨亜は反射的に『私は友だちから頼まれて、竹田啓司を監視していた。あの男がストーカーみたいにその友人をつけ回していたから』と、口から出任せを言っていた。人はあまりにもとっさのときには、完全な嘘をつけないものだという――樹梨亜もまた、真実がかなりの割合で混じっている虚偽をでっち上げていた。完全に嘘なのは竹田啓司にストーカーという自分の立場を押し付けたことくらいだった。

宮下藤花は疑いつつも、それなら自分も彼のことをこれから見張るから、いっしょにいるといいと提案してきたのだった。そしてそのまま、この限りなく気まずい時間が延々と続いているのである。

(この娘――やっぱりどっかおかしいんじゃないの?)

樹梨亜は上目遣いに、竹田啓司の働いているはずの建物を凝視している宮下藤花を見つめる。

（昨夜は彼の所に無理矢理押し掛けていった癖に、今日はこうやってずっと観察してるのって、どういう感覚なのよ。やることがバラバラだわ――二重人格なんじゃないの。どうしてこんなヤツのことを甘利は気に入っているのかしら――それとも、もしかして……）

彼女が自分のことを棚に上げてそんなことを思っていると、藤花は、

「樹梨亜は騙《だま》されているのよ」

と唐突に断言した。樹梨亜がぎょっとすると、

「あなたに竹田先輩の悪口を言った友だちは、適当に言っているだけよ」

「そ、そうかな……」

「きっと竹田先輩と話したこともないんだと思う。もし一回でも直に接していたら、きっとそんな嘘をつくこともなかったはずだわ」

「う、嘘って……そんな決めつけなくても」

内心は冷汗をかきながら、樹梨亜は反論してみる。

「その、藤花の方だって竹田さんのことを完全には知らないでしょ。彼氏を信じたいって気持ちはわかるけど」

「別に、私は竹田先輩のことを信じているわけじゃないわ」

「え？」

「正直、一緒に話をしてても、彼が何言ってるのか半分も理解できないときもあるし」

「ええと――」

「そういうことじゃないのよ。嘘かどうかわかるっていうのは。それは信じたいとか全部知っているとか、そういうことじゃないの。嘘っていうのはもっと――刺さってくるものなの」

藤花はなにやら奇妙なことを言いだした。

「今、竹田先輩は私に嘘をついている――それがどういう嘘かは私にはわからない。でも、感じるのよ。彼の態度とか視線とかで。だから私は今、こうして彼を見張っているの」

「だ、だからその嘘っていうのが――」

「それは絶対に、彼が他の女の子に夢中とか、そういう話じゃない。それも確か」

きっぱりと言い切る。しかしその根拠がまるでわからない。

「うーん……」

樹梨亜が困っていると、藤花はぼそりと、

「わかるはずよ、樹梨亜。あなたにもきっとわかる――あなたにも、好きになった人がいるでしょう」

と言われたので、ぞくっ、と背筋が寒くなる。

「え――」

「違う？　なんかそんな感じがしたんだけど。あなたにも好きな人がいて、で、それは竹田先輩ではありえない、って――そんな感じがしたから、私はあなたに声を掛けたんだけど」

「そ、それは——でも、私は」

言いかけて、しかし口ごもってしまった時点で、ほとんど白状してしまったも同然だと悟る。

あきらめて、ため息をついてから、

「——私は、藤花と違って片想いだし」

そう、岸森由羽樹は塩多樹梨亜のことなど知らないはずだから。名前さえ覚えているかどうか怪しい。向こうからしたら彼女は、学校にいるその他大勢の一人に過ぎないのだろうし。

「だから孤独？」

「それはそうでしょ」

「付き合っているっていっても、割と孤独なものよ」

藤花が寂しげに呟いたので、樹梨亜は少しハッとなった。藤花は建物の方を見つめながら、付け足すように、

「彼が嘘をついていることはわかっても、どうしてそんなことをするのかはわからないんだから——」

と言った。樹梨亜は余計なことは言わない方がいいのはわかっていたが、つい、

「あのう——竹田啓司となにかあったの？　喧嘩でもしたとか？」

と訊いてしまう。これに藤花は素っ気なく、

「別に」

と投げやりに言う。そしてそれっきり、また無言に戻る。

「…………」

樹梨亜は困ってしまう。またまた気まずい時間が流れていき、そしてもうそろそろ夕方になろうかというところで、やっと事態が動いた。

建物から大きなパネル状の荷物を抱えた竹田啓司が出てきたのだ。どうやら昨日から徹夜で続けていた仕事が終わったらしい。完成したデザイン原稿をどこかに届けるのだろうか。

「追うわよ」

宮下藤花が立ち上がった。そして席に置いていた荷物を、スポルディングのスポーツバッグを掴む。

「わ、私は――」

ここで別れてしまおうか、と樹梨亜は一瞬迷った。いったん離れて、あらためて宮下藤花のことを追いかけた方がきっと、色々と都合がいいはずだ。しかし――。

「――私が先に行くから、藤花はそれを追いかけてきて。二人一緒に追いかけると、少し目立っちゃうかも知れないから。それに私なら、彼に見つかっても知らない女の子だし」

と、気づいたときにはそう言っていた。どういうつもりだ、私は――と内心で動揺している樹梨亜に、藤花はうなずいて、

「わかったわ。任せる」

と言った。
そうして二人の少女は竹田啓司の追跡を開始した。
彼はふらふらと疲れながらも、急《せ》かされたような早足で街の中を進んでいく。

cadent 3

〈荒々しい〉から〈仰々しい〉に

デカダント・ブラックは了見が狭く、
基本的には他人の過ちを許さない。
しかし自分も過ちを犯している場合は別である。

――ブルドッグによる概略

1.

舵浦遊麻《かじうらゆま》、というのが彼女が一般的に使用している名前だ。

「それじゃ竹田くん、デザインは上がったのね？　だったらすぐに事務所に持ってきてちょうだい。——いいえ。明日じゃ駄目。今日中に見たいから。バイク便を頼むより、直に来てもらった方がいいわ。あなたから説明を受けられるでしょう？」

舵浦は、オフィスにメールが来るなり相手にいきなり電話して、一方的に呼びつけた。

相手は困惑しているようだが、クライアントには逆らえないので、弱々しい声でわかりました、と返事をしてきた。

「それじゃあ三十分以内に。会議室を押さえておくから、遅れないようにね」

高圧的に言って、電話を切る。それから顔に気色悪いニヤニヤ笑いを浮かべる。

（あの子、まさか本当に間に合わせるとは思わなかったわ——予想よりも優秀じゃない。これって相当な当たりかもね）

彼女は表向きは大手広告代理店のチーフディレクターということになっているが、実は統和《とうわ》機構《きこう》と呼ばれる世界を裏から監視しているシステムの構成メンバーである。その役割は多岐に亘るが、特に舵浦が力を入れているのは、新規メンバーのスカウトだった。

(竹田啓司——ちょっと若いが、今のうちに取り込んでおくのも悪くないかも知れないわ)

彼女には少し焦りがある。前任者だった九連内千鶴《くれないちづる》ことミセス・ロビンソンが任務遂行中に死亡し、彼女はその後を引き継いだことになっているのだが、相当に優秀だった九連内とどうもあれこれ比較されて、その度に肩身の狭い思いをしているのである。

(だから優秀な手駒は多い方がいい——竹田啓司が使えるヤツだと見極めがつき次第、手の内に取り込んでしまおう。多少強引な手を使ってでも——)

彼女がにたにたしていると、竹田啓司がひいひい言いながらオフィスに到着した。

「ど、どうも——」

若いからそれほど疲労困憊《こんぱい》には見えないが、それでも徹夜明けなのは歴然としている顔色の悪い竹田は、眼の下にくっきりと隈《くま》ができている。

「それじゃあ、さっそくデザインを見せてもらおうかしら」

「は、はい——ええと、これが指定にあったラインに沿ったもので、こちらは——」

と竹田が作品を会議室の広いテーブルの上に並べ始めると、すすっ、と舵浦は彼の側に寄っていく。

「ふうん——悪くないじゃない」

と言いながら、何気ない素振《そぶ》りで彼の肩に手を乗せる。

「あ、あの——」

竹田が困ったような顔をするのにもかまわず、

「どうしたの。説明を続けてちょうだい」

と耳元で囁く。

竹田はしどろもどろになりながらも、なんとか持参した大量のデザイン画をすべて説明する。全部で三十二枚もあった。

「たくさんあるけど——自信作というのはないの？」

「いや、決めるのはクライアントだと思いまして——師匠にも選択肢をできるだけ提供しろって言われてまして」

「私は、おたくの社長の事務所にじゃなくて、竹田啓司の作品が見たいって言ったんだけど」

「はあ、あの——まあ、現時点では同じことです。僕は会社に属してますから——」

「そう言えば君は、大学には行かなかったのね」

「は、はい。えーと、それも師匠に、おまえは今は色々とがむしゃらに吸収すべき時期で、大学なら三十過ぎてからでも間に合う、とか言われまして——だから進学しないかどうかは、まだ未定みたいなところもあります」

「でも決めたのは君自身でしょ？　その判断力で、ぜひデザインの方もひとつに決定してもらいたいわ」

「そ、そう言われましても——」

竹田が返事を言い終わる前に、舵浦はさらに彼に接近して、身体を寄せていく。互いの体温が感じられるくらいまで接近する。

そこで、舵浦は遠くからの視線を察知した。

（——む？）

オフィスの窓の向こう——道路を挟んだ向かいのビルの窓から、何者かがこっちを盗み見ている——それを感じた。しかし、

（素人だな——ろくに気配を消そうとしていない）

向こうに気取られないように、舵浦は何気なく首を振って、その視線の方を一瞬だけ見る。

彼女の視力は常人よりも遥かに上だ。統和機構によって強化された肉体を持っている。だから暗がりの中に潜んでいるその視線の主も裸眼のみで、明瞭に視認できた。

女子高生——資料で見たことのある顔だった。

（そうか、宮下藤花——竹田啓司の彼女だったな）

もう一人横にいるようだったが、そっちの方は物陰に入っていて確認できないが、宮下藤花を確認できれば充分だ。彼氏のことを心配して、友人連れでストーキングまがいのことをしている馬鹿な女子高生など、恐れるに足りない。

（しかしまあ、無駄にいたいけな少女を刺激するのもなんだな——）

竹田啓司に余計なストレスを掛けて話をこじらせるのも面倒だし、ここは退《ひ》いてやるか——

と舵浦は竹田から身体を離して、テーブルの反対側に回った。ホッとしたような顔をしている竹田に、彼女は、

「デザインを今、ここで君が決められないというのなら、もう少し深くプロジェクトに関わってみない？」

と提案した。竹田が眼をぱちぱちさせているところに、彼女はさらに落ち着いた声で、冗談ではないのだということを明確にさせつつ、言葉を重ねる。

「ちょうど明日、CM撮影があるんだけど、それに立ち会ってイメージを摑んでみたらどうかしら。撮るのは現役高校生のエキストラたちだから、君とは歳も近いし、場所も近所だし。知ってるでしょ、市立幡山高校って」

「さ、撮影ですか？　でも僕の仕事はイメージポスターの素案までだし……お邪魔でしょう。現場の人たちの迷惑になるだろうし」

「何事も経験しろ、って師匠に言われているんでしょう？　それにね、竹田くん――この業界はしょせん、押しの強いヤツが生き残れるのよ。知らない現場だろうがなんだろうが、遠慮なく押し掛けていって顔を売りまくるようでないと、とてもやっていけないわよ」

「は、はあ――うーん……」

竹田はすっかり困った顔になってしまっているが、しかし逆らうこともできないことを悟っているようだった。

＊

――それから三十分くらい経って、やっと竹田啓司は解放されてオフィスビルからふらふらと外に出てきた。

その様子を監視している宮下藤花と塩多樹梨亜も、その後を追いかける。

「どうやら仕事も終わったみたいだから、もう竹田先輩を捕まえるわよ」

藤花がそう言いだしたので、樹梨亜は少し焦る。

「え？　でも――」

「はっきりさせましょう、樹梨亜――あなたは竹田先輩の濡《ぬ》れ衣《ぎぬ》を晴らして、私は先輩に納得のいくまで話をする。いいわね」

「いや、それは――」

と言い掛けて、しかし樹梨亜はそもそも自分はなんで竹田啓司を監視していたんだっけ、と前後の事情が錯綜していることを考えて、

（そうか――もう宮下藤花に顔が割れてしまっている今となっては、竹田啓司に見つからないようにする必要もないのか。むしろ二人の痴話喧嘩を録音しておく方がストーキングの成果としては上等かも……ここは言われるままについていくべきか）

竹田啓司には嘘がばれるだろうが、別にあの男になんと思われようが関係ないし、むしろ宮下藤花との関係がよりギスギスするならその方が面白いし——と彼女が考えた、そのときだった。

(——あれ?)

街の通りに、やたらと知った顔がある。

通りの至るところに、彼女と同じ学校の生徒たちがうろうろと制服姿のままでうろついている。通学路から明らかに外れているはずのこの辺りで、どうして幡山高校の生徒たちがたむろしているのだろう?

(この辺はオフィス街で、高校生が来るような店なんかないのに——どうして?)

彼女が逡巡《しゅんじゅん》している間にも、宮下藤花は先に行ってしまう。仕方なく樹梨亜もその後を追って、観察していたビルから表の通りに下りる。

万が一同級生などに顔を見られたら面倒だと、うつむきながら藤花の後ろに隠れようとして——その襟首を背後から摑まれた。

「見つけたぞ、塩多樹梨亜だ! ここにいたぞ!」

その幡山高校の生徒は大声で叫んだ。

2.

「え——」

　樹梨亜は意表を突かれすぎて、驚くこともできなかった。

　唖然として、彼女のことを捕まえている男子の方を振り向こうとする……しかしがっちりと首根っこを掴まれているので、後ろを見ることもできない。

（え？　え？　え？　……なにこれ？）

　彼女が動けない間にも、次々と周囲にいた幡山高校の生徒たちが集まってくる。まさか——彼らは全員、塩多樹梨亜を探していたのか？

（いったい、どういう——）

　と彼女が唖然としているときに、それは脇から飛び込んできた。

　疾走してきて樹梨亜の横を通過して、その勢いのままに手にしていたスポルディングのバッグを振り回して男子の顔面に叩き込んだ。

「——ぶっ！」

　男子はたまらず、思わず手を離してしまう。するとその隙に飛び込んできた人影——宮下藤花がすかさず樹梨亜の手を掴んで、

「走るよ！」

と彼女の耳元で強い声を出した。びくっ、と樹梨亜が反応するのと同時に藤花の手が彼女を引っ張って、もう走り出している。

「あっ、逃げるぞ！」

「待て！」

集まりつつあった他の生徒たちが口々に怒鳴るが、藤花は彼らの方を向くこともなく、逃走だけに集中して、樹梨亜を引っ張っていく。途中で手を離して、さらに加速するのを、樹梨亜も必死で追走する。

数分もそうやって走り続けて、なんとか幡山高校の連中を撒いて、ひとまず公園の植え込みの陰に隠れた。

「――ぜえっ、ぜえっ、ぜえぜえっ……」

樹梨亜は荒い息を空に向かって吐き出すが、宮下藤花の方は少し早く、深めに呼吸しているくらいで、平静を保っている。

「あれって――幡山高校の人たちよね」

藤花がひそひそ声で樹梨亜に話しかけてくる。

「樹梨亜って、幡山なの？」

「……そうよ。あんたみたいに深陽学園に行けるほど成績良くなかったから」

「別に幡山の生徒がみんな成績が悪い訳じゃないでしょ」

「私は悪い方なのよ」

「なるほどね――でも、それで追いかけられる?」

「それは……」

樹梨亜にも訳がわからない。そもそも学校にほとんど行っていない自分が、他の生徒たちの恨みを買うとも思えないし……。

(まさか、私が岸森くんのストーキングをしてたことがバレたの?)

甘利勇人の方が捕まって、ヤツがすべてを白状してしまって、それで自分の方にもこんな追っ手が――と考えて、しかし、

(いや……それなら真っ先に、この宮下藤花の方に連絡が来ていないとおかしい。それじゃ一体――)

「心当たりがないみたいな顔してるね、樹梨亜」

「そ、そりゃあ――だって」

「思うんだけど、やっぱり樹梨亜って騙されてるんじゃないかな。竹田先輩のことといい、もしかしてあんまりいい友だちがいないのかも知れない」

藤花がかなり踏み込んだ発言をする。でも樹梨亜はそれに文句を言えずに、ぐっ、と黙り込んでしまう。

「………」

「やばいな、なんか変な感じがするわ――竹田先輩が私についてる嘘も、なんか変なことに関わっているから、かも――」

藤花の眼は真剣だった。樹梨亜からしたら、彼女は正直マヌケとしか言いようがない立場だ。自分をストーキングしていた女のデタラメにころっと騙されて一緒に行動して、あげくに得体の知れない連中に襲われたところを助けたりしているのだから――お人好しとかいうレベルを超えて、宮下藤花は不条理な立場に置かれている。

それでも、ひとつだけはっきりしていることがある――樹梨亜はそれを藤花の横顔に見つける。

「藤花、あんた……ほんとうに竹田啓司のことが好きなんだね……」

ぽつりと呟く。ん、と藤花が訝しげな顔を向けてくる。

「何言ってんの、今さら？」

「いや……なんか、ちょっと――」

言いながら、樹梨亜は自分でも思ってもみなかった反応をしていた。涙ぐんでいたのだった。じわわっ、と瞼の裏が熱くなるような感覚と共に視界がぼやける。

「あんたはそんななのに、私は――」

言いかけた彼女の口を、藤花がいきなり手で塞いだ。

「しっ――」

と彼女が囁くのと重なるように、向こうから人の足音が響いてくる。そして話し声が聞こえてくる。

「――どっちへ逃げた？」

「走っていったのは向こうの方で、こっちじゃなかったと思うが……バスに乗ったのかな。バス停が途中にあったから」

「連絡してバス停を全部あたらせよう。もっと人手を増やせ」

「塩多はこれで見つかりそうだが、もう一人の方は今のところ手掛かりなしか？」

「学生証用の顔写真が一枚あるだけで、それも去年の四月のヤツだっていうからな……かなり見た目が変わってるかも」

「それっぽいヤツを見つけて『おまえが甘利勇人か』って訊いても、とぼけられてしまうかもな――」

「新刻さんに一度相談してみようぜ」

「ああ――」

幡山高校の制服を着た少年たちがぼそぼそ言い合いながら、樹梨亜たちが隠れている公園の植え込みのすぐ横を通っていく。やがて足音は遠ざかっていって、気配が完全に消える。

「……な、な……？」

樹梨亜はさらに混乱してしまっていた。甘利勇人は捕まった訳ではないようだが……しかし彼もまた追われていることがわかった。そして――

（これってどういうこと？　新刻って――確かにそう言ったわ。新刻敬？　なんであいつが、幡山高校の連中を仕切ってるの？）

「………」

宮下藤花は無言で、混乱している樹梨亜を見つめている――。

3.

……私の前に、次から次へと幡山高校の生徒たちが集まってきては、頭を下げて去っていく。入れ替わり立ち替わり、もう百人以上が挨拶に来ただろうか。

ここはバレーボール部の部室だ。最初に私と接触した生徒たちがバレーボール部の者たちだったので、その部室にずっといる。

友人に連れられてきた生徒たちは、最初はなにやら不満そうな顔をしているのだが、部室の真ん中に置かれた折り畳み式のパイプ椅子に座っている私に近づいてくるにつれて、だんだんぼんやりとした表情になっていく。

そして私の方はというと、直観なのか――その人の顔を見ていると、彼や彼女たちがどういう人間なのか、なんとなくわかるような気がしてくるのだった。

それで、彼らに私の状況を説明して、手伝ってくれないかと頼むと、皆、嫌な顔ひとつせずに「わかりました、新刻さん」と素直にうなずいてくれるのだった。

生徒たちはお互いの連絡手段には事欠かないので、あっというまに大勢の協力者ができていった。

(すごいわね——うちの深陽学園の生徒なんか、私の言うことなんかロクに聞いてくれないのに——やっぱり母校の恥になることを未然に防ぎたいのかしら。素晴らしい愛校心だわ)

私はそんなことを思いながら、素直に従う彼らの事を受け入れているが、しかし一方で、心の片隅では、

……デカダント・ブラックには習性があって、より濃い者の方に、薄い者が引っ張られるという傾向がある……

という言葉が脳裏に浮かぶ。意味はわからない。わからないが——何故《なぜ》か頭から離れない。

「うっ——」

少し頭が痛くなって、くらっ、と眩暈《めまい》を感じる。かなり大勢の生徒たちと話したから、疲れてきたのかな——と思ったとき、視界の隅に黒いものがこびりついているような気がした。

あまりにも眩《まぶ》しいものを見たときに網膜に焼き付いてしまう影のような、そんな黒っぽいものが私の周囲にふわふわと浮いているような——しかし、それに焦点を合わせようとすると、ピントがずれて視界の中で右に左に揺れる。眼にゴミでも入ったのかな、と手を眼の方に近づけようとしたところで、すっ——と黒いものは消えていった。指に吸い寄せられて、皮膚に染み込んでいった……みたいな感じがした。

「どうかしました、新刻さん？」

私の横に立っている女子生徒が訊いてきた。私は、そういえばこの娘の名前とか学年とか全然知らないのに、平気で命令とかしてるな……と考えつつも、

「なんでもないわ」

と平静を装う。するとそのとき、周囲に控えている生徒の一人のところに連絡が来て、塩多樹梨亜が見つかったという情報が入ってきた。

「ただ、見つけたはいいが横から邪魔者が現れて、そいつのせいで逃がしてしまったらしい——」

そう聞いて、私はついカッとなって、

「ああ？　何してんのよまったく——役立たずなんだから——」

と口走っていた。その激しさに自分でも、ちょっと焦った。

なんだか私は、言葉遣いが乱暴になっているような。というか——これは堕落なのだろうか

——堕落といえば……

……この世の中というのはだんだんと〝黒く〟なっている。だんだん悪くなってきている。いずれは全部がぼんやりとした漆黒になってしまうんじゃないかって——そういう人が堕落した果てにある〝黒〟のことを〈デカダント・ブラック〉と名付けて……

……またふっと思い出されるように言葉が脳裏に浮かぶ。しかし覚えのない言葉をどうして思い出すのだろうか。

「……いや、まあいいわ。予想以上に塩多樹梨亜が備えていたってことだろうから……邪魔者っていうのは甘利勇人だったのかしら」

「いや、それが——なんでもスポルディングのスポーツバッグを持った女子高生だって話で。よく見えなかったが、もしかして深陽学園の制服を着ていたかも知れない、って言ってます」

その報告を受けて、私はぞくりと寒気を覚えた。

スポルディングのスポーツバッグをぶら下げた女子高生など、深陽学園には一人しかいない。

（どうして宮下藤花が、塩多樹梨亜と一緒に行動しているの？　それに、逃走を助けた、って——）

私が混乱していると、また部室に来訪者が来た。

しかしそいつは今までの生徒たちとは少し違っていて、最初の方の不審げな様子がまるでなく、堂々とした態度で入ってきた。

「なんでも、面白そうなことをしてるんだって？」

その男子生徒は私たち全員をゆったりと遠慮のない眼差しで眺めまわした。

「これは岸森くん！」

「いやあ、呼んでくれたら迎えに行ったのに！」

「もう弓道部の練習は終わったの？」

他の生徒たちが一斉に、歓声に近い声を上げたので私は少しひるんだ。

（この人……どこかで見たような……）

私がその〝岸森くん〟をぼんやり見ていると、彼も見つめ返してきて、そして突然、

「――ああ！　そうかそうか！　そうだったそうだった！　あのときのちっこい娘だ！　確かに、駅前で一度会っていたなあ！　今思い出したよ！」

と嬉しそうに言った。その勢いに私がびっくりしていると、彼はずかずかと部室の中に入ってきて、私に向かって手を差し出してきた。

「いやあのときは悪かったね。気を悪くしたかな。でも別の人間を捜していたんでね――ごめんね」

言われて、私もぼんやりとこの前のことを思い出す。しかしその記憶は、なんだかとてもど

うでもいい感じで、それどころではない何かが間に挟まっているような気がして……。

「はあ……どうも」

と差し出された手を握り返す。握手は妙に軽い感触で、体温をろくに感じなかった。

「君は深陽学園の風紀委員長の、新刻敬って言うんだろう？　僕は岸森由羽樹。弓道部の部長をやっている」

「それだけじゃなくて、この学校であらゆる面で一番の、文字通りトップを張ってる人だよ」

誰かがおべんちゃらみたいなことを言った。岸森は否定せずに、にこにこしている。

「番長――ですか？」

私がそう訊いてみると、みんなは笑った。しかしそれは馬鹿にした笑いではなく、肯定的な響きの、ウケた笑い方だった。

「そりゃいいや。たしかにそうだ。岸森くんはこの学校の番長さんよね」

「他にそう言えるヤツはいねーしな。間違いないよ、うんうん」

「まあ、みんなから信頼はされているよ。君ほどじゃないかも知れないが」

「私は――」

「それで新刻さん、君はこの学校で気になることがあるらしいってさっき聞いたんだが」

「あ、ああ――そうです……」

私はあらましをざっと説明した。相手に理解できそうもないところは適当に端折《はしょ》って、とに

かく塩多樹梨亜と甘利勇人を捜しているのだと言う。岸森はふんふんとうなずきながら聞いていたが、

「関係者ってそれだけかな」

と質問してきた。

「というと？」

「スポルディングのバッグを持った少女っていうのは、まだ君にもわからない人物なのかな」

言われてドキリとする。しかし岸森は特に追及することもなく、

「まあ、制服を着ていたらしいってだけでは、それが深陽学園の生徒だったかどうかもわからないしな」

と言った。私はなぜか少しホッとして、

「塩多樹梨亜って人を捕まえられたら、ついでにわかると思うわ」

とその話を終わらせる。岸森はうなずいて、

「塩多さんか。元クラスメートではあるが、話をしたことはほとんどないな。彼女が君たちの学校をこそこそと監視しているとしたら、何が目的なんだろうね？」

「深く考えるこたぁねーんじゃねーの？」

横の男子生徒が口を挟んできた。

「あいつ、なんか気味悪りーしよ。それこそ単なるストーカーとか、そーゆー話じゃねーの？

捕まえてみんなで締め上げれば諦めるだろ、きっと」

「大勢でイッたらびびって泣き出すわよ、きっと」

「数の力には敵《かな》わないからな、誰でも」

誰かが適当に言ったその言葉が、妙に私の胸にずしりと重く響いた。数——大勢、たくさんの人々、無数の心の——その闇……私は気づいたら、

「あの……岸森くん？　あなた、デカダント・ブラックっていう言葉に聞き覚えはない？」

と口走っていた。

4.

「それは特別な勉強法かなにかかい。参考書をいったん読んだら黒く塗りつぶしちゃうとか」

「いや、そういうんじゃなくて……なんていうのかな、はっきりとした形のあるものじゃなくて、雰囲気っていうか、空気を読んで、みたいな感じで——全体的にぼんやりと黒いのよ」

「ふむふむ」

「みんなの上にそれが掛かっていて——その影の方向っていうか、流れっていうか——それが自分に集まってくるような気がしたことって、ない？」

「集まってくると、どうなるんだろうね」

「それは――」

私はなんで、こんなことを喋っているのだろう？　自分でもあやふやな、幻聴みたいな言葉のことをどうしてこんなにも〝身につまされる〟調子で話せるのだろう？

「――他の人たちと自分の考えていることが、なんだか同じになってくる、みたいな」

「それは逆なんじゃないのか。君に圧倒されて、みんなも君の考えを支持して、それを共有してくれるってことなんじゃないのか」

「逆、かなあ……そうなのか。でも私には、なんだかみんなの考えというか、その中にある〝黒〟が――デカダント・ブラックが私に流れ込んできているみたいな気がしていて……私の考えってなんだったんだろう、みたいな気分にもなってきていて……」

ああ、私は一体何を口走っているのだろう？

自分でも自分の発言がほとんど理解できない。

しかし岸森はまったく不審そうな素振りを見せず、

「そんなに気に病む必要はないよ。君はここ幡山高校が自分の学校じゃないから、みんなに協力してもらうのにちょっとばかり後ろめたさがあるってことだろう、それは。だったら心配ないさ。うちの学校は結束力があるからね。みんなが悪いって思ったものは、全員でなんとかするって文化があるのさ。なあ、みんな？」

「そうだよ。別に新刻さんに命令されているからやる気になってるんじゃないよ」

「話を聞いて、なんとかしなきゃなって感じたからよ」

「大丈夫大丈夫、俺たちに任せてくれよ、風紀委員長さん」

「……あ、ありがとう」

私は彼らの頼もしいはずの言葉に、しかし妙な軽さを感じずにはおれなかった。

それは私になんの不安も感じさせない言葉だった。あまりにも私に迎合しすぎていて、故に重みがない。全員が無個性で、私という指揮者に操られるだけの人形のようだった。

彼らのデカダント・ブラックを私が吸い取ってしまったから——という考えが、ふっと頭をよぎる。

そして私は、その彼らの〝黒〟に染まってしまって、考え方がだんだん乱暴になってきているみたいな——これはどういう混乱なのだろう？　私は自意識過剰な思春期の小娘で、やたらと込み入ったことを感じているくらいに感受性が豊かなのだと、自分の思考に酔っているのだろうか？

「………………」

私が少しぼんやりしてしまっていると、岸森が、

「それで塩多さんの方はそろそろ捕まえられそうなのか？」

と話を戻した。私ははっ、と我に返ったようになる。そうだった——今は何よりも、このストーカー事件の白黒をはっきりさせなければならないのだった。それが何よりも優先されるべ

きことだった。その前では私の無駄な葛藤など大したことではなかった。

「ああ。もう時間の問題だろうぜ」

生徒の一人が得意げに言う。

「仲間が何者だろうが、あいつはもうおしまいだよ」

「ふむ——しかし、だとすると慎重になる必要があるかもな」

岸森の言葉に、皆が、え、と彼を見る。彼は肩をすくめて、

「ほら、例のＣＭ撮影が明日じゃないか。それに重なると色々とまずいかも知れない」

と言う。すると皆も、ああ、と大きな吐息をついた。

「そっか——あれってもう明日なんだ」

「確かにその現場にやけくそになった塩多が乱入してきたら色々と面倒だな——」

「ち、ちょっとみんな、何の話よ？」

私が質問すると、彼らは眉をひそめながら、

「いや、前から決まってたことなんだけど、この学校の校舎と生徒を使ってＣＭ撮影をするっていう話があって。それには全校生徒が協力することになってるんですよ」

「それは——」

私はふと、それって偶然なのか、と言いかけて、しかしいったい何が偶然でないというのか自分でもわからなかったので、途中で口をつぐんで、無理矢理に話をねじ曲げて言葉をつない

だ。

「それは——確かに、マスコミ関係者がいるところで目立つのは、よくないわね……」

「でしょう？　ここはいったん皆を戻して、明日以降にまた再開、ってのがいいんじゃないですかね」

「………」

私は即答を避けた。

*

（疑っているな、新刻敬——どうやら元々、素質を持っていたらしいな。だてに風紀委員長などをやっていないというわけか——人を導くのに慣れている分、自分に対しても常に懐疑的であろうとしている……）

憮然《ぶぜん》として口をつぐんでいる敬のことを、岸森由羽樹は無表情で眺めている。

（だが、いずれにせよもう手遅れだがな。おまえには既に、常人の数百倍ものデカダント・ブラックが染み込んでしまっているのだから——どんなにおまえが正義感の強い人間だろうと、いや、その正義感の強さ故に、おまえは後戻りのできない道をどんどん進んでいくことになるのだから——）

5.

——夜になり、街中をうろつき回っていた幡山高校の連中があまり見当たらなくなったようなので、塩多樹梨亜と宮下藤花のふたりは隠れていた場所からこそこそと出てきた。

「で——どうする、樹梨亜」

藤花が訊いてきたので、混乱したままの樹梨亜は、

「いや、どうしようもないけど……」

と投げやり気味に言う。すると藤花はうなずいて、

「あの様子じゃ、あんたの自宅もきっと見張られているわね。帰れないわよ」

と言ってきた。もともと自宅にほとんど帰っていない樹梨亜としては、

「ああ、そうね……」

と力なく肯定するしかない。すると藤花はうなずいて、

「それじゃあ、私と一緒に隠れていよう」

そう言ったので、樹梨亜は思わず彼女の顔をまじまじと見つめた。藤花もじろじろと見つめ返してきて、

「カラオケボックスでいいかな。手頃だし。明け方までいても文句を言われないし。あ、もち

ろん年齢はごまかすわよ。十八歳未満とかいうとうるさいから」

と、やっぱり真顔で言った。


……そして三十分後には、二人はカラオケボックスの三人用の個室のソファに腰を下ろして、注文した塩焼きそばなどを食べている。

「…………」

もぞもぞと食事しながら、樹梨亜は上目遣いに藤花を見つめている。藤花はその視線に気づいているのかいないのか、焼きそばをずるずる啜《すす》っている。やがて彼女は、

「塩焼きそばって初めて食べたけど……どこが塩味なの？　普通のソース味の方がずっとおいしいわね。失敗したなあ——」

と愚痴りだした。そう言いながらも箸を動かす手は止まらない。

「ねえ、樹梨亜はどっちが好き？　塩？　ソース？」

質問されたが、正直そんなのどうでもいい。それよりも何よりもずっと、樹梨亜はこの宮下藤花に訊かなければならないことがあるのだった。

「あのさ——藤花。……どうしてなの？」

絞り出すような声でなんとか言う。これに藤花は、ん、と少しシリアスな顔になってから、

「いや、せっかくだから頼んだことのないものにチャレンジしてみようって気持ちで」

「塩焼きそばのことじゃないわよ！　どうしてあんたは、私を助けてくれるのかって訊いてんのよ！」

「――――」

藤花は不思議そうな顔をして、塩焼きそばをもぐもぐと嚙んでいる。その反応の鈍さに、樹梨亜はついついイラだってきて、

「なんでよ！　理由がないでしょう理由が！　そもそもあんたは、私と全然無関係の人間でしょうが！」

と大声で叫んでしまった。しかし藤花はこれに、さらに不思議そうな顔になって、

「じゃあ樹梨亜、あんたはどうして今、自分がみんなに追われているのか、理由がわかってんの？」

と訊き返してきた。

「え？」

「理由がないって言うけど、いちいちあれこれ理由がわかってから行動すんの、あんたって？　私は無理だなあ。なんか反射的に動いちゃう。なんかもう、ぴぴっ、て感じで」

「……え？」

何を言われているのか把握できず、樹梨亜はぽかんと口を開けてしまう。藤花はさらに、

「まあ、それ以前に今、あんたって私に助けられているのか？　って話もあんだけど」

と不可解なことを言い出した。

「……は？　なに言ってんの？　どうしたって今、私はあんたに助けられてるじゃないのよ？　他にどういう話があるっていうのよ？　どんな可能性があるってのよ？」

興奮して喚《わめ》き散らす樹梨亜に対して、藤花はあくまで落ち着いた調子で、

「いや、ここの払いだってあんたの金を期待してんだけど、私」

と言う。樹梨亜は急に頓珍漢なことを言われたので困惑して、

「……え？」

とまた口をぽかんと開けてしまう。藤花はうんうん、とうなずいて、

「私の感覚としては、あんたを無理矢理付き合わせて、あげくにタカろうって話で、正直ちょっとだけ後ろめたいんだけど、あんたはなんか自分がすごい悪くて、迷惑かけっぱなし、みたいに思ってんのねえ。いやいや」

とため息混じりで言う。

「……何の話よ？」

「そもそもあんたをここに誘ったのって私でしょ。私が夜をここで明かしたかったのを、一人だと怪しまれるからなんだなって思っていたところに、都合よく樹梨亜、あんたがいたってことじゃないの、この場合」

「どうして藤花、あんたが外泊したがるのよ？　なんの意味があんのよ？」

「いや、これは単に竹田先輩への当てつけだから」

ここで急にその名前が出てきたので、樹梨亜はとまどう。

「竹田？　竹田啓司？　なんであんたがここで外泊することに竹田啓司が関係するのよ？」

「いや、竹田先輩はどうやら、さっきの時点で一仕事終わったみたいだったから。そしたらもしかして、私に連絡しようとしているかも知れない。でも、つかまらない。それで先輩の気持ちをモヤモヤさせたいってことよ、今は。電話も着信拒否にしてるし」

藤花はニヤニヤと悪戯《いたずら》っぽく笑いながら言う。樹梨亜は頭がくらっ、と来た。

「……ちょ、ちょっと待ってよ——あんた、竹田啓司のことを信用できないって不安がってたんじゃないの？」

「それはそれ、これはこれよ」

藤花はそれがどうした、みたいな呑気《のんき》な顔をしている。

「——なんか、理解に苦しむわ、あんたたちの関係って……」

樹梨亜は思わずこめかみを押さえる。頭痛がしそうだった。

「金、あるんでしょ？」

「そりゃ、あるけど……」

それは元々は、宮下藤花のストーキングをするための資金なのだ。いざというときのために、用意はぬかりない。

「……でも、あんたって普通の高校生でしょ——親は心配しないの、無断外泊でしょ？」

「そういう樹梨亜はどうなのよ」

「うちは放任主義だから——でも、あんたは深陽学園の生徒だし。普通の家庭でしょ？」

「さて——どうだろ」

宮下藤花はここで、ちょっと不思議な表情になった。片方の眉が上がって、反対側の唇の端が上がって、左右が非対称の曰く言い難い表情になった。

「いっそのこと、宮下藤花がはっきりとわかりやすい不良にでもなってくれた方が気楽かもね、あの人たちは」

妙に突き放したような、他人事みたいな口調で言う。奇妙な表情は一瞬で、すぐもとの藤花に戻る。

「気楽、って——」

「中途半端なの、私は。そんなに真面目でもないけど、でもわかりやすく不真面目でもない。だから扱いに困ってるみたいなトコあんのよ、うちの親は。だから時々、はっきり悪いって面を見せた方が安心するのよ」

藤花は投げやり気味に、でもそれほど荒んだ感じもなく、淡々と言った。

「……よく、わかんないわ」

樹梨亜は心底そう思っていた。これまでさんざん監視してきて、生活を覗き見してきたはずの相手なのに、樹梨亜には宮下藤花が何者なのかまったくわからなくなってしまっていた。

（では、私が今までやってきたことってなんなんだろう……もしかして）

もしかして、宮下藤花の前に、岸森由羽樹をストーキングしていた頃から、実はそうだったのではないか。陰からこっそり観察し続けて、彼のことなら大抵のことは知っているつもりでいるけど、実は肝心のことは何も知らないのではないか――そう思うと、ひどい脱力感があった。

ふと思いついて、訊いてみる。

「ねえ、藤花――あんた、新刻敬って知ってる？」

「うちの学校の風紀委員長よ。なんで？　そんなに有名なの、新刻さんって」

「まあ、そうね――とにかく新刻って、うちの幡山高校に知り合いとかいるのかな」

「さあ――でも、あり得るんじゃない。中学が同じ人は結構いるだろうし。なんで？」

「――私、新刻に目ェ付けられちゃってるかも知れなくて」

普通に告白していた。隠すのが面倒になっていた。藤花は唇を尖《とが》らせて、

「どういうこと？」

「ちょっと私、前にそっちの生徒と揉めたっつーか、関わり合いになったことがあって――さっきのヤツらも言ってたでしょ、甘利勇人、って」

「それじゃあの〝アマリユウト〟って、うちのクラスの甘利くんのことだったのか。勇人って

名前だったんだ」

「知らなかったの？」

「男子の名前なんて一々覚えてないわよ」

「そりゃそうか。……それで、甘利が最近登校してないのが私のせいなんじゃないか、とか疑われてんのよ、新刻に。いや、たぶんそんな感じなんじゃないか、って——そう思ってんだけど。新刻と話した訳じゃないから、イマイチはっきりしないんだけど」

「ふむむむ——なんだか込み入ってきたわね……」

藤花は腕を組んで考え込んだ。しかし数秒後には顔を上げて、

「よし、わかった」

と変に自信ありげにうなずいた。

「明日、私が新刻さんと話してみるから。あんたはその間、目立たないようにしてなさい」

「……へ？」

「大丈夫よ、新刻さんって割と話がわかる方だから」

「いや、それは相手があんただからであって——私みたいな劣等生なんか、委員長はまともに扱っちゃくれないわよ」

「それはやってみなきゃわかんないよ」

「いや、それに——」

言いかけて、樹梨亜は口を閉ざした。彼女は新刻敬のことを既にあれこれと調べている。他の生徒たちが新刻のことを陰でどう噂し合っているのか。その中には、敬がかつて竹田啓司にふられたらしいということも入っていたのだ。だとしたら宮下藤花が新刻敬に馴れ馴れしく話しかけるということは、相手の怒りを誘う結果になる可能性が高い。

でも、今それを藤花に言うのは無理だった。それを言ったら、あれやこれやまずいことまで説明しなければならなくなる――。

黙り込んでしまった樹梨亜に、藤花が、

「それに、何よ？」

「――わ、私のせいであんたまで風紀委員長に睨まれるようなことになるのは、よくないよ、やっぱり」

適当にごまかそうと、白々しいことを言ってしまう。疑われるかな、とも思ったが、しかし他に何も頭に浮かばない。

藤花は少しぽかんとした顔をしていたが、やがて笑い出した。

「あんた、うちの学校をなんだと思ってんのよ？　別に風紀委員長だからって、そんなに怖くないよ？　平気よ平気」

それは常識で考えればそうなるのかも知れないが、しかし樹梨亜はあの、深陽学園の校門のところで見た、新刻敬の視線を忘れることができない。

あの鋭い眼差し——どうしても樹梨亜には、敬は恐ろしい女だとしか思えないのだった。

「いや、それだけじゃなくて——あんた、あんまり甘利のヤツのことに関わらない方がいいよ？　あいつ、ちょっとヤバイ奴なんだよ、ホントに」

ついそんなことを言ってしまう。もうかなり、甘利との契約に違反してしまうようなことをさっきから犯してしまっているが、どうにもならない。

「私は甘利くんのことは全然知らないけど、だったらますます新刻さんとはちゃんと話をしておいた方がいいよ。あんな風にみんなに追いかけられて、無理矢理に引っ張っていかれるようじゃ駄目だよ、それは」

「………」

藤花は紙ナプキンで口元を拭いながら言う。いつのまにか、塩焼きそばをぜんぶ平らげてしまっている。文句を言っていたはずなのに、気がついたら樹梨亜の分まで食べていた。

樹梨亜が絶句していると、藤花はふわわわ、と大きなあくびをして、

「あー、今日は走ったり隠れたりしてたから、疲れたわ。寝ていい？」

と訊いているときには、もうソファにごろりと横になっている。そして一分としないうちに、すうすうと寝息を立て始めた。

神経が図太いのか、それとも樹梨亜のことをまったく疑っていないのか——。

（全部嘘なのに——私はあんたに、なんにも本当のことを言っていないのに……）

樹梨亜は携帯端末を取り出して、カメラで宮下藤花の無防備な寝顔を至近距離の接写で撮影しようとした。レア画像だ。きっと甘利勇人もこれで許してくれるだろう……と考えながらシャッターを切ろうとして、しかし指が動かない。

「う……」

何をためらっているのか。今さら自分がどう取り繕ったところで、性格破綻者のストーカーであることは変わらないというのに……しかし、わかっているのに指はまるで鉄になってしまったかのように固く、びくともしない。手をかざしているのさえ辛くなってきて、ぶるぶる震えだして、疲れてだらりと腕を下げる。

(──馬鹿馬鹿しいわ。考えてみればなんであんなクソうぜー甘利のヤツなんかのご機嫌をとらなきゃなんないのよ。私はやりたいことをやってきただけでしょう。それをねじ曲げるくらいなら、最初から何もしていないっつーの!)

心の中で叫んでから、彼女もソファに背中を預けて、深々と腰を沈める。

(そうよ、他のなんにもしようとしない連中とは、私は違うんだから──私は自分の意思で生きているのよ。みんなに同調してるだけの、流されて生きているだけの他のヤツらとは違うんだから──私は……)

＊

「……おまえは、他のヤツと違うことがそんなに大切なのか？」

また、あの両眼に艶のない男が話しかけてきた。

ジャーッジャッジャッ、ジャッジャジャジャン……というエレキギターの音がどこからともなく聞こえてくる。

気づいたときには、樹梨亜はもうカラオケボックスの狭い室内にはいない。

そこに通わなくなってからかなりの月日が経ってしまった幡山高校の教室の中にぽつん、と立っていた。

他の生徒は誰もいない――彼女と、その岸森由羽樹と同じ顔をした、艶のない眼を持つ男だけだ。

歪曲王――そう言っていた。

だがそいつの佇まいが、なんだか前と少し違っている。岸森由羽樹にあまり似ていないような気がする。では誰だ、と言われるとわからないのだが、しかし岸森由羽樹に瓜二つ、という姿ではなくなっている……。

「俺の姿が変わって見えるのなら、それはおまえの心の中で、何かが崩れ始めているということだ」

歪曲王は静かに言った。

「おまえにとって、岸森由羽樹が必ずしも心の中に君臨する対象ではなくなりつつある、ということかも知れないな」

「な……」

樹梨亜はきょろきょろと教室を見回した。なんだかぼんやりと輪郭がぼやけて見える。眼がひどく疲れているときのように、焦点がゆらゆらと合わないで揺らいでいる。

「な、なんだ――前とは違う場所だけど……これもまた夢なの？　私、藤花の隣でうとうとしちまっているってことなの？」

「歪曲王はおまえの心の中にいる。だから、どこにいようが同じことだ」

「なんなのよ、いったい……まあ、夢なら夢で、別にもーどーでもいーけど」

樹梨亜は立っているのをやめて、手近な椅子を席から引っぱり出して腰を下ろした。その固い感触が妙に懐かしかった。

「おまえは今、自分がひどく危うい位置にいることを自覚しつつある――」

歪曲王が訳知り顔で話しかけてくる。樹梨亜はふん、と鼻を鳴らして、

「確かにこないだは少し驚いたけどさあ、結局これってただの夢じゃん。だったらあんたの言うことなんかまともに聞く必要ねーじゃん」

と手をひらひらと振ってみせる。すると歪曲王はうなずいて、

「その通りだ。恐れることなど何もない。だが心の中にある歪みが、恐れなくてもいいものまで人に恐怖を感じさせることになる。逆もまたしかりで、恐れなければならないものに対して、人はしばしば無関心をよそおう。そう、今のおまえのように」

「私が？　いったいなんのことよ？」

「おまえは今、新刻敬を恐れすぎて、他のことに眼が行かなくなっている——真の敵を見ないようにしている」

「真の——って、なによそれ？」

この樹梨亜の問いに、歪曲王は渋い顔になって、そして困った口調で言う。

「おそらく、世界の敵だろう——だから死神が出てきているのだから。だがそれがどんなものなのか、死神自身にさえ摑みきれていないのが、この混乱の原因なんだろう。しかしひとつはっきりしていることは、その鍵を握っているのがおまえだということだ」

「……何言ってんのか全然理解不能なんだけど……要するに、なによ？」

「世界の運命がおまえに懸かっている、ということだ」

「はあ？　なにそれ？　私に？　馬鹿馬鹿しい。私を何だと思ってんのよ？　世界なんか興味ないわ」

「おまえが最低の屑で病的なストーカーで根性が腐っていることは誰でも知っているよ、しか

し、それとおまえの肩に世界の運命が懸かっていることは何の関係もないんだ。そういう意味で、世界は理不尽なまでに平等なんだよ」

歪曲王は淡々と喋るので、言葉にはまったく重みがない。つねにどこかで、決定的に投げやりだった。

「……あんたがやりなさいよ。色々詳しいんでしょ。あんたが世界を救ってやればいいじゃん。救世主でもなんでもやんなさいよ」

「その言葉には、ひとつ重要な要素が抜けているな」

「何がよ？」

「そもそも世界には救うだけの価値があるかということだ」

「………………」

「おまえだってさっきからずっと思っているじゃないか。他のくだらない連中とは一緒にされたくないって。世界ってのはそのくだらない連中で満ちあふれているところなんだぞ。そんなものをおまえは救うのが当然だと思っているのか？」

「………………」

「いや、おまえはそもそも何にも考えていないんだったな。他の連中なんか無視していればいずれ自分の人生からはいなくなってしまうと思っているだけだったな。ただただ岸森由羽樹に執着しているだけの人生だが」

「……あんた、私の夢の癖にずいぶんと変なことばっかり言うのね。私が考えたこともないようなことを」

「おまえが妄想したことがあろうがなかろうが、そんなことは関係なく、おまえは世界の未来を決する立場にあるんだよ」

「だから、それがさっぱり意味不明っつーか……私に何をしろって言うのよ？」

「それを決められるのもおまえだけだ。俺はしょせん、おまえの中の歪みに過ぎないのだから」

「王とか言っているのに？」

嫌味っぽく言ったつもりだったのだが、歪曲王はやはり平然としたまま、

「どんな人間でも、自分の心の王なんだよ——ただ、その支配の仕方が効率的な善政なのか、それとも無駄だらけの悪政なのか、その違いがあるだけだ。王であることには変わりないんだ。自覚していようといまいと、王であることをやめることも地位を捨てることもできない——それが歪曲王の原理だ」

と喋りながら、じーっと樹梨亜のことをその艶のない眼で見つめてくる。他の者であれば、その瞳には樹梨亜の姿が映るのだろうが、がさがさで潤いのない眼は、ただのっぺりと光を吸い込むだけだった。

鏡を見ているはずなのに、そこには何も映っていないかのように。

「………」

「おまえの心のことは、他の誰のせいでもない……全部おまえが責任を持たされているんだ。王なんだから——決められるのはおまえだけで、他の連中はしょせん、右から左へ舞台を歩いていくだけのエキストラにすぎないんだよ」

*

——ぞくっ、という悪寒と共に眼が醒《さ》めた。

「……っ！」

場所は当然、カラオケボックスの狭い室内である。横では宮下藤花がすうすうと寝息をたてている。

「……う、うう……」

今のは——いや、夢だ。それはわかっている。

わかっているのに、なんとも異様な戦慄が背筋に張り付いたまま、剝がれてくれない。それはべったりと彼女の皮膚に喰い込んで、どんなに拭っても落とすことのできない刺青《いれずみ》のようにくっきりと刻印されてしまっていた。

「……なんだよ、なにフザけたことを……」

ぶつぶつ独り言を呟きながら、彼女は身体を起こした。

頭の中で、まださっきの言葉ががんがんと反響している。

〝自分がひどく危うい位置にいることを自覚しつつある〟

それを思い出すと、心の中がざわざわと荒れだしてきて落ち着かなくなる。座っていられなくなって、立ち上がる。

〝新刻敬を恐れすぎて、他のことに眼が行かなくなっている〟

「なに言ってんのよ……私がビビっているって言うの？　あんなチビを相手に？　冗談じゃないわよ――」

彼女は自分の身体中をべたべたと触りだした。自分の輪郭を確かめるように。そしてその手がやがて、少し固い感触に行き当たる――財布に触れる。引っぱり出す。

〝真の敵を見ないようにしている〟

「うるさい、うるさいうるさいうるさい……私が何を見ようが見まいが、そんなの私の勝手でしょ……！」

財布から金を出して、テーブルの上に置く。それはここの払いを考えると充分すぎるくらいの額である。

「くそ、私としたことがすっかり変なペースに乗せられちゃってたわ。そうよ、私とあんたは本来、相容れない相手なのよ藤花――こんな風に変に馴れ合ってつるんでちゃいけないのよ

「――」

彼女は音を立てないように個室のドアを開けて、こっそりと抜け出した。そして誰にも気取られないように注意しつつカラオケボックスの店から外に出る。

夜明け直後の、静まり返った街並みが彼女を包む。他の通行人は誰も見当たらない。幡山高校の追っ手らしき連中の気配も影もない。

（……私が？　世界の運命を握っている？　馬鹿馬鹿しいけれど――でも）

それならば鍵を握っているのは、どう考えても彼女が誰よりも重要な存在だと思っている相手――岸森由羽樹本人になにかがあるということにしかならない。

（私は、本格的におかしくなってきているのかも知れない……ストーカーなだけじゃなくて、もっと異常な存在に堕ちつつあるのかも……でも）

この心の乱れは、もう正常とか異常とかいうことを気にしていられる段階ではないと感じた。行けるところまで行くしかない――。

「――」

彼女は携帯端末を取り出して、彼女の共謀相手である甘利勇人を呼び出そうとした。しかし向こうが回線を切っているらしく、何の応答もなかった。

（まあいいわ――あいつの顔色をうかがうのも、もうこれまでよ……！）

彼女は決然とした表情で歩き始めた。なにやら勇壮な雰囲気を漂わせているようだったが、しかしこの塩多樹梨亜という少女にできることは結局たったひとつしかないのだった。
ストーカー行為以外には、何の取り柄もないのだから。

cadent 4 〈刺々しい〉から〈毒々しい〉に

デカダント・ブラックは決断力に欠けるため、
勢いだけであれこれ決めつけるが、
忘れるのも早いため後悔はしない。

――ブルドッグによる概略

1.

翌日の早朝、私が深陽学園に来る途中、珍しい相手から電話が掛かってきた。

宮下藤花からだった。

(どうして、こんなタイミングで宮下さんから電話が来るの……?)

私は風紀委員長だから、この時間から起きているけど、宮下藤花は何の部活にも入っていないから朝練ということもないし、予備校の早朝講習とかをやっている時期でもない。あきらかに不自然な電話だった。

「…………」

私は嫌な予感がしたので、電話には出ないことにした。留守番サービスに切り替わって、宮下藤花の声が続いた。

〝――新刻さん、危険です〟

たった一言、それだけ言って通話は切られた。

その声は彼女のようでもあり、彼女の裏に潜んでいるはずのブギーポップのようでもあった。

「…………」

なんのことだか訳がわからないが、しかしここで電話を掛け返すというのは、なんだか宮下藤花に〝負ける〟気がして嫌だった。私だって私なりに努力しているのだ。一方的に上から偉そうにあれこれ指図されたくない。

（そうよ、そもそも宮下藤花のストーカーを捜し出そうとしてやってるんじゃないの――逆に感謝してほしいくらいなのに、何で止められなきゃならないのよ――）

私は昨日からずっと続いている気がする苛立ちに駆られつつも、学校にいつもよりもさらに早めに到着した。

思った通り、早番の風紀委員たちがまだ誰も来ていなかった。私が腕組みをして待っていると、十分経ってやっと一人、自転車通学の生徒が現れた。

「あ、あれ？　委員長？　今日は非番のはずじゃ――」

「それより飯田《いいだ》くん、あなた規定より三分も遅れているわよ。たるんでるんじゃないの？」

「あ、いやそれは――でも、先生にも学期末はそんなに注意していなくてもいいって言われてたし――」

「言い訳は見苦しいわよ。私って〝でも〟とか〝だって〟とか言い訳する人って嫌いなの。そんなんだから深陽学園の風紀委員なんてみんなどうせ内申書目当てだって言われるのよ。緊張感に欠けているのよ」

「そんなこと誰も言ってませんよ――」

「言ってるのよ。現に私が幡山高校の人に言われたんだから。それもこれもみんなが集中していないからよ」

「な、なんだか今朝はずいぶんとご機嫌斜めみたいですね……」

「私のご機嫌なんてどうでもいいでしょ。他の人たちはどうしたのよ？　まだ来ないって遅すぎない？」

「あー、いや……実は昨日、じゃんけんしまして。僕が負けたんで、それで罰ゲーム的に、その」

「――呆れたわね。ほんとにたるんでるのね、あなたたちは。やっぱり人間って放っておくと、どんどん悪くなっていく生き物なのね……」

私はそう呟いて、一瞬、

（……あれ？）

と変な感じがした。なんでそんなことを口走ったのか、自分でも少し違和感があった……でもすぐに苛立った気持ちに掻き消される。そう、こんな文句を言っている場合ではなかったのだ。

「……まあ、飯田くんだけでも来てくれてよかったわ。誰かに直接、言っておきたかったから。私、今日は学校に来れないから」

私がそう言うと、彼は変な顔になった。

「いや、委員長――来てるじゃないですか」

「私は今日、どうしてもやらなきゃならないことができてしまったから、学校に来られないの。でもただ休むだけだと気分が悪いから、誰かに言っておきたかったのよ。飯田くん、みんなに伝えておいてくれるかしら、新刻敬はただ気まぐれで急にサボったんじゃないってことを」

「えーと……」

「他の人たちにはきちんと注意しなさいよ。何が罰ゲームよ。全員揃っていないとなんの意味もないんだからね――それじゃあ」

私は言い捨てると、彼に背を向けて歩き出した。

*

「あ、あの――委員長――？」

と彼女に声を掛けようとして、その途中で飯田尚志《なおし》は絶句してしまった。

新刻が道路を渡っていくと、バス停の陰から一台のバイクが現れたからである。エンジン音が無駄に大きく轟《とどろ》き、あまり素性のよろしくない代物であることが想像できた。乗っているのは目つきの悪い若い男で、どうも着ている制服から幡山高校の生徒らしい。

そしてなにより驚いたのは、そのシートの後ろに新刻敬がまたがっていることだった。

「それじゃ新刻さん、まずは――？」

「とにかく戻るわよ――急いでね」

「わかりました」

男は新刻の命令に絶対服従らしく、恭しい態度でうなずくと、急発進で一気に加速して、去ってしまった。

「…………あ？」

飯田は口をぽかん、と開けて茫然となってしまっていた。

なんだ、今のは……新刻敬が、暴走族みたいな奴のバイクの後ろに乗っていたが……いやそんな馬鹿な。学校でもっとも優等生で誰よりも校則違反に厳しい彼女が、まさかそんな。

（だ、だが……確かに……）

自分は幻覚でも見たのだろうか、もしかしてまだ自分は布団の中で寝ていて、これは夢なのではないか――と、彼はそのまま数分間、その場にぼんやりと立ちつくしていた。不安が増大して、なんだか頭もぼんやりと濁っていくような……。

すると――声が聞こえた。

「新刻敬を知らないか、風紀委員さん？」

ぎょっとなって振り向くと、いつのまにか彼の背後に一人の女子生徒が立っていた。

スポルディングのスポーツバッグを肩から下げている、その顔には見覚えがあった。名前までは思い出せないが、

(──たしか、末真博士の親友の……)


学校の有名人と仲のいい少女だった。先輩のはずだが、そういう上からの態度ではなく、

「新刻敬がここに来ていると思うが……見かけなかったか？」

と、なんだか男の子のような口調で、冷静に訊いてくる。

「え、え──えーと、それが、その……」

「何かあったのか？」

「い、いやきっとなんかの勘違いで……だってそんな、あんなことあり得ないし──」

「彼女は、ここにもう来たのか？　どこに行ったのか、言わなかったか？」

鋭い声で詰め寄られると、どうしていいかわからなくなり、

「そ、そんなことは──でもなんか、戻る、とか──」

と、ぽろりと洩らしていた。

「ふうむ──」

少女は彼のことをじっと見つめていたが、やがて左手を彼の目の前まで持ち上げて、

「これが見えるか？」

と訳のわからないことを訊いてきた。

「う、うん」

「右か左か、どっちに見える？」

「そ、そりゃあ、左――」

と彼が言いかけたところで、少女は、

「残念、右だ」

と言うや否や、右手をすごい速さで挙げて、彼の頬を思いっ切りひっぱたいた。

ぱしーん、という高らかな音が早朝の空に響きわたる。

「……?!　……?!」

たまらずよろけて、道路にへたりこんでしまった飯田は、混乱しながら顔を上げた。

しかしそのときには、もう少女の姿はどこにもなかった。

どこに行ったのか……いや、そもそも彼女はどこから来たのか？

「な、なんだあ――」

彼は唖然としてしまったが、ふいに、

（あれ――）

と気づいた。なんだか……さっきまであった得体の知れない不安感が綺麗になくなっていた。

新刻敬と会ってからずっとあったモヤモヤが、消えている……頭がスッキリとしてきていた。

「で、でも……どうすりゃいいんだ？」

逆に頭が冴えたことで、この状況が理解不能であることが余計にはっきりしてしまって、彼はさらに困ってしまっただけだった。

2.

竹田啓司は朝から憂鬱の極みだった。

（あーっ、嫌だ嫌だ……なんでこんな面倒なことになっちまったんだ……？）

クライアントの舵浦遊麻に言われて、行きたくもないＣＭ撮影に立ち会わなければならなくなってしまった。しかもその場所は彼の嫌いな幡山高校だという。

（僕は、あそこは苦手なんだよ——昔、幡山高校の生徒に絡まれて、したくもない喧嘩に巻き込まれてから、しばらくの間なんだかつけ狙われていたような気がしてたし——）

今の時代、不良の報復行為なんてものがあるのかどうかはわからないし、考えすぎの思いこみだったのかも知れないが、数ヶ月間びくびくしていた頃の記憶はなかなか薄れてくれない。

昨日は徹夜明けで納品を済ませて、そのままずっと寝ているつもりだったのだが、あまりに疲れすぎたせいかなかなか寝付けず、頭はまだふらふらしている。

（それに、またしても藤花と連絡が取れないし——そっちも気が重い——）

初めての現場なので、指示された時間よりもかなり早めに行くことにした。

「あら竹田くん、ずいぶんと早いのね。まだ撮影準備も始まっていないわよ。見学だけなんだから、やることもないし」

彼の姿を見かけるや否や、舵浦遊麻が明るい声で呼びかけてきた。

「どうも——おはようございます……」

いつも微妙にテンションの高い舵浦は正直、竹田の苦手な相手である。

学校での撮影というと、ふつうは日曜日などに行うのが普通なのだが、今回は生徒を大勢エキストラとして使う上に、春休み前ということでもう授業らしい授業もないので、ならばと学校側が許可を出して、平日の昼間に撮影できることになったのだ、という。

「コンセプトはわかっているよね、竹田くん」

「はあ……天使が空から校庭に舞い降りて、生徒たちがみんな出てきて、天使の周りで踊る——でしたっけ？」

竹田がそう言うと、舵浦は笑った。

「踊るのは無理よ。全員素人なんだから。ただ周りをぐるぐる回るだけ。でもそれもリハ無しは無理だから、何回か練習させると思うけど——ああ、ほら、あそこ。生徒の代表者がディレクターと打ち合わせしてるわ」

と彼女が指差した先で、一人の男子生徒が大人と話している。

生徒はこっちを向き、手を挙げてきた。

「ああ、舵浦さん」

「どーも、岸森くん。みんなはどんな感じ？」

「いや、いい雰囲気ですよ。リハーサルも要らないくらいです。張り切ってますよ——そちらは？」

「ああ、デザイナーの竹田くんよ。君のイッコ上で、もうプロなの」

「へえ、そりゃすごいですね。俺は岸森由羽樹って言います。どうぞよろしく」

「どうも……」

握手を求めてきたので、竹田は岸森の手を握り返した。

なんだろう——竹田は背筋がぞくっ、と寒くなるのを感じた。

岸森由羽樹が一瞬、自分のことをひどく嬉しそうな眼で見つめてきたのが、なんだか……とても恐ろしい感じがした。それは喩えるなら、罠に向かってまっすぐ獲物が近づいてきているのを見つめる猟師のような……。

（こいつ、僕のことを知ってるのか？）

こっちには見覚えがないが、あるいは向こうは自分のことをよく知っているのではないか、そんな気がしてならない。

「竹田さんってモテるでしょう？」

いきなり馴れ馴れしい口調で言われる。

「え？　いや……なんで？」

「だってその若さで、デザイナーなんてもう、女の子がみんなキャーキャー言うでしょ？　よりどりみどりなんじゃないですか？」

ずいぶんと不躾なことを言われる。竹田が反応に困っていると、横から舵浦がけらけら笑って、

「それがこの子はとんだ堅物で、そういう話をぜんぜん聞かないのよねえ。まったくもったいない話だわ」

と口を挟んできた。こっちも相当に失礼であるが、しかしクライアントなので文句を言うわけにもいかない。

「いちおう、彼女はいるんだっけ？　でも手近なところで済ませないで、もっと広い世界を見た方がいいと思うわよ、竹田くんは」

偉そうに言われる。さすがに少しは怒った方がいいのか、と苛立ちかけたところで、岸森が、

「竹田さんの彼女って、きっと気が気じゃないでしょうね。いつ振られちゃうかってビクビクしているのかも」

と囁くように言ってきた。竹田は怒りも忘れて、ぎょっとなった。

（……そうなのか？）

それは竹田啓司にとって、ひどく不安になる言葉だった。自覚していない弱みがあって、そこを的確に突かれた気がした。

「あんまり彼女を放っとくと、どっか行っちゃうかも知れませんよ、ふふふ」

意味ありげな含み笑いをされる。竹田はますます不安になってきた。

＊

（しっかし、ほんとに挑発しても乗ってこないわね、竹田啓司は――まあ、その冷静さを買って統和機構にスカウトしようっていうんだけど）

舵浦遊麻は岸森由羽樹と話している竹田を見ながら、心の中で呟いていた。

（しっかし、やっぱり高校ぐらいの男の子ってこーゆー風に他の男と対面すると、変に突っかかって来るもんなんだな――岸森もおとなしそうな顔して、竹田をいじるいじる――意外に意地の悪い子だったみたいだな。前に打ち合わせしたときには絵に描いたような優等生の人気者、って感じだったけど。まあ、全校生徒に言うこと聞かせられるっていうんだから、要は〝番長〟で、睨みも利かせてるってことなんだろうけど）

彼のおかげでこのCM撮影の話もスムーズに進んだので、便利な奴ではある。もともとは単に学生を大勢出そうという程度の話だったのだが、学校丸ごと使えるという規模になったのは、この岸森が掛け合ってくれたからでもある。

（まあ、コイツは夢にも思っていないだろうな――CM撮影というのはあくまでも表向きの理由で、実はその裏で統和機構の人体実験が行われようとしていることなど――）

対象は大勢であればあるほどいい。

被験者は十代の未成年者であること。

一度に実施するため、可能な限り開けた場所が望ましい。

反応を観察、記録する必要があるため、偽装行為は撮影そのものを前提とする。

実験終了後の混乱を避けるために、一般社会から多少は隔離された環境で行うべき。

実験は短時間で、最大でも一時間以内には完了させること。


それらの条件にぴったり合うのが、ここ幡山高校でのＣＭ撮影だったのだ。これは舵浦にとっても、久々に与えられた大仕事なので、なんとしても成功させなければならない。

（私の固有能力〈クワイエット・ナイト〉こそが統和機構にとってもっとも有益な能力であると皆に納得してもらうためには、ここでしくじるわけにはいかない――もしも幡山高校の生徒が全員死亡するようなことになっても、それはそれでやむを得ないことだわ）

彼女は心の中で、そこまで割り切っていた。それに死亡事故が起きたとなると、巻き添えで竹田啓司ももう二度とまともな仕事に戻れなくなるわけで、それはそれで好都合なことだった。

そんなことを思っていると――ちら、と岸森由羽樹が彼女に視線を向けた。そして一瞬だけ、

――よしよし……その調子だ。

とでも言うかのような、満足げな笑みを浮かべた。なんだ、と思ったが、その違和感ははっきりとした形にならずに、すぐに散ってしまった。

舵浦遊麻はまだ気づいていないが――それまでどちらかというと保守的に、与えられた任務を忠実にこなすことだけを考えていた彼女が、自分から積極的にいかなければと焦ったり、竹田啓司を味方に引き入れて手駒を増やそうなどといったガツガツした権勢欲を持ち始めたのは、すべてこの〝便利な奴〟と出会ってからのことなのだった。

3.

(――なんで竹田啓司がうちの学校に来ているんだ?)

校庭の様子を遠くから双眼鏡で観察しているのは、熟練ストーカーである塩多樹梨亜であった。

(つーか、さっきから何やってんだ、あれ……映画でも撮ってんのか?)

ずいぶん前から学校では話題の中心だったCM撮影のことを、級友たちと一切接点のない樹梨亜はまったく知らなかった。

（しかし、読みとしては待機してるべきだと思ったが、外れているとしたらそろそろ動かないと……いや、やっぱり戻ってきた）

樹梨亜は今、新刻敬を監視しているのだった。バイクの後ろに乗って、新刻敬が幡山高校に戻ってくるのが見えた。

（ほらね——荷物を置いていったから、絶対にすぐに戻ると思ったわ。どうせ深陽学園の方にいったん顔を出しただけでしょ。そういう性格よね、あんたは——いったん首を突っ込んだら、とことんまでやるけど、それはそれとしていつものルーティンの方も手を抜くのは嫌、っていう——もうビビらないからね、あんたなんか）

今や新刻敬は不良連中も含めて、ここの高校を自分の手足のように使えるのは明らかである。それをわかった上で、あえて樹梨亜が幡山高校に接近しているのは、新刻敬に隠されている秘密を暴くことが、事態解決への近道だと考えたのである。

（どういう手口でみんなをたらし込んだのかはわからないけど——きっといかがわしくて、後ろめたいことをしているに違いないわ。その状況をばっちり盗撮してしまえば、逆に新刻を脅迫できる……！）

だからこそ、敵のど真ん中とでもいうべき幡山高校のすぐ近くまでわざわざ来ているのである。火中の栗をあえて拾う覚悟だった。

（私を捜しているつもりだろうけど、甘いわね……私がこれまでどれだけ、こそこそと他人の眼から隠れて陰から覗き続けてきたと思っているの？　年季が違うのよ、年季が――）

新刻敬は人の行き来が激しい正門前からではなく、裏門から校内に入っていく。

正門の方では相変わらず竹田啓司と、そして大人の女と、あと岸森由羽樹が何かを話している。

（学校でなにかあるといったら、人気者の岸森くんが関係するのは当然なんだろうけど……どういう関係なのかな。このことを宮下藤花は知ってるんだろうか――いや、知ってるわけないか。教えてやったほうがいいのかな……）

そこまで考えて、樹梨亜はちっ、と舌打ちした。

（だからもう藤花と馴れ合うのはやめたって決めたじゃない……！　いい加減にしろ、私は！もう絶対に気は弛めないんだから――）

相変わらず甘利勇人とは連絡がつかないが、しかしこれはやむを得ないことだということは、同じように新刻敬たちに追われているはずの勇人にも自覚できていることだろう。あるいはあいつ自身も、この近くで幡山高校を監視しているかも知れない。

（まあ、それは後回しだ。今はとにかく新刻の方に集中しないと――）

岸森を見ていたい気持ちもあるが、新刻敬が移動していくので、焦点をそっちに合わせて、学校全体の視界からズームアップで新刻をフォーカスする。裏門から入った彼女は運動部の部室が並んでいる体育館横へと進んでいく。他の生徒たちが周囲を囲んでいて、小さな新刻はその中に埋没していてほとんど外から隠されている。しかし上から見ている樹梨亜には丸見えだ。バレーボール部の部室に入るのを確認して、樹梨亜は手元の携帯端末をいじって、その部室に仕掛けられている盗聴装置を起動させる。彼女は校舎全体にこの手の仕掛けを既に仕込んでいる。最近は使っていなかったが、バッテリーが切れるのはまだ当分先だ。

（でも、マイクの位置が遠いかな——そもそもバレー部なんてほとんど岸森くんと関係なかったから、カメラも仕込んでなかったし。まあ、そこに来ることさえわかれば、今日の夜中にでも仕込んでおけばいい）

きちんと音が拾えるかどうか不安だったが、予想よりもクリアな音が入ってきた。

〝……ですかね？〟

〝……よ、問題は〟

男たちの声に混じって、新刻らしき少女のソフトで可愛らしい声が聞こえる。こんな声をしていたのか、とちょっと驚く。てっきりもっとキツイ感じの金切り声かと思っていたのだが。

〝……でも、あんな気持ち悪い女、みんなで責め立てれば簡単に折れるだろ？〟

〝いっつも陰でこそこそしてたよな。何が楽しいんだが、暗い顔ばっかりで〟

男子たちが言いたい放題ほざいている。正直ムカッ腹が立つが、しかしそんな風に思われるのは馴れている。後で言っていた連中の机の中にゴキブリの死体でも入れておいてやれば気が晴れることだった。だがそんな中で、新刻が、

〝いや、油断しない方がいい……仮にも塩多樹梨亜は一度は発見されながらも、逃げおおせた実績があるし、何よりも何年もずっと同じように生活していたのなら、そこには彼女なりの哲学があるはず〟

そういう声が聞こえてきたので、少し眉をひそめる。哲学？　こいつ、なに的外れなこと言ってんだ？

〝それは買いかぶりすぎですよ、新刻さん。あいつ実際に会えばわかりますって。ホントにしょぼい女なんですから〟

〝人は見た目によらない……私はそれをよく知っている。それに塩多樹梨亜がストーカーなら、彼女には彼女の正義があって、それを守っているに違いない。これはいわば私たちの正義と、彼女の正義の対立なのだから、勝って当然、みたいな優劣を今のうちから決めつけない方がい

いわ――〃

聞いていて、樹梨亜はなんだか変な気分になってきた。正義、という言葉はいつだって自分の外にあったはずの言葉だ。そんなものとは無縁だと思って生きてきた。それが唐突に今、敵である新刻の口から、自分のことを表す表現として出てきた――そこにどうしようもない落ち着きの悪さを感じた。

（なんだ？　新刻敬――私のことをなんだと思っているんだ？）

〃まあ、いずれにしてもCM撮影が終わるまでですよ、おとなしくしているのは〃

〃そうそう。あの大人たちが帰ったらすぐに狩りに戻りますから〃

〃直接話を聞かなきゃならないから、確実に私のところに無傷で連れてくるのよ。痛めつけたりしないように〃

〃わかってますよ〃

彼女たちはまだ何やら話し続けているが、混乱した樹梨亜の耳にはよく聞き取れない。するとそのときだった。

電話が掛かってきた。

ぎょっとして、一瞬なにが起こったのかわからなかった。他人から連絡など、ここ数年なかったことだったからだ。甘利とのやり取りはすべて暗号メールだったし――誰からだ、と着信画面を見ると、そこでまた絶句する。

掛けてきた相手は、岸森由羽樹だった。

＊

「――――」

数秒、そのまま絶句してしまう。しかし意を決して、震える手でなんとか着信を受ける。

「……はい」

第一声は自分でも驚くくらいに掠《かす》れた声しか出なかった。すると即座に陽気な声が耳元で響いた。

〝やあ塩多さん、久しぶりだね。去年同じクラスだった岸森だけど、わかるかな〟

「う、うん……」

〝君とはほとんど話したこともないと思うけど、でも大事な話があってね。実は今日、ＣＭ撮影があるんだ。全校生徒が参加することになってね、君も来てくれないか？〟

「で、でも私は……」

〝そうそう、君は今、なんでも深陽学園の風紀委員長とトラブルになっているんだって？　噂を聞いたよ。きっと何かの誤解だろうから、俺が間に立ってとりなしてやろうかって思うんだが、どうかな〟

「そ、それは……でも……」

〝とにかくＣＭ撮影には参加してもらいたいんだよ。せっかくの機会だろう？　高校生活の大切な想い出になると思うし〟

岸森由羽樹の声は穏やかで落ち着いていて、聞いているだけで樹梨亜の身体全体が溶けてしまいそうな気持ちになる。

彼女は双眼鏡の倍率を変えて、また正門前の方に向けるが、そこにはもう岸森や竹田たちの姿はなかった。どこに行ったのかはわからない。

ただ、声ははっきりと彼女のすぐ耳元で聞こえる。その生々しさは、彼女がこれまで隠し撮りしてきた数々の記録のどれよりも濃密だった。

〝君はしばらく学校に来ていないけれど、今はどこにいるんだ？〟

「……それは」

彼女は嘘をつかなければ、と思った。まさかストーキングの最中ですなんてことを言えるはずがない。自宅にいるとか、旅行中とか、とにかく嘘をつかなければいけない——しかし彼女の口から洩れた言葉は、

「……今、学校のすぐ近くまで来てる……」

という自分でも信じられないようなものだった。どうかしているのではないか、と自分でも考えるのだが、しかし知性でいくら抗おうとしても、身体が反応してしまう。

〝そうか、それなら都合がいい。風紀委員長たちに見つからないように、先に俺と落ち合おうよ。わかるかな、校庭の野球場のバックネット裏に、柵が破れているところがあるんだが〟

「うん……知ってる……」

知っているに決まっている。そこは彼女が夜中に潜入するのに何度も使用した、いわば通用口なのだから。知っていることを否定しなければならないのに、口がひとりでに肯定している。

〝じゃあそこから入ってきてくれよ。あそこなら植え込みの陰になって他の連中から見られないで済むし〟

「う、うん……わかった……」

通話が切られても、彼女はしばらくその場でぼーっと動かないで固まっていた。

いったいこれはどういうことなのか、事態が理解できない。

自分が対等に岸森由羽樹と会話した……そんなことがありうるのだろうか。だが今も脳裏には彼の囁きが反響し続けている。しかも、会おうと誘われた……

（そんな馬鹿な……こんなことがあるはずがないわ。私はとうとう幻聴を聞くようになってしまったんだわ）

そう考えながらも、ふらふらと身体が勝手に動いて、せっかく用意してある数々のストーキング設備を放り出して、彼に指示された通りの場所へと向かって夢遊病者のように歩き出す。

学校はざわめきに満ちていて、離れたところからもその喧噪《けんそう》が伝わってくる。しかし彼女はそういう騒ぎからは離れて、裏の人気のない方へと進んでいく。

柵に空いた穴の周囲は静かだった。人々の声は遠くに聞こえるだけで、誰もいないようだった。そこで待っている、と言った人以外は。

(岸森くんが……)

どうしよう、とあらためて思った。自分は変ではないだろうか。いや変なのは確かだが、それがバレたりしないだろうか。

頭がぐるぐると回るようで、ろくに物事が考えられない。ただ、言われたことに従う以外の選択肢がいっさいあり得ないことになってしまっていた。

音を立てないで柵をくぐることには、とっくに習熟している。彼女は野良猫のように無駄のないフォームで、するり、と学校の敷地内に侵入した。

風が頬をなぶる感触が生ぬるい。それは空気が温かいのではなく、彼女の顔が熱くなっているのだった。

「…………」

彼女は周囲を見回した。誰もまだ来ていない。来るのがいくら何でも早すぎたのか。電話で話してからまだ三分と経っていない。しかしその場で待っていると、一秒が一時間にも感じられた。

「…………」

気がつくと、服の裾を激しく握りしめている。あわてて離すと、そこは汗でぐっしょりと濡れてしまっていた。目立たないように揉んだりしてみるが、特に変化はない。どうしようか、と真剣に悩みかけたところで、背後から足音が聞こえてきた。

ばっ、と振り向くと——果たして、そこに立っていたのは岸森由羽樹だった。見間違いようのない、彼本人がそこにやってきていた。

「あ……」

思わず彼女が唇から吐息を洩らすと、彼は微笑みかけてきて、こっちにおいで、という風に手招きしてみせた。

彼女はほとんど駆け寄るように、彼に向かって足を進めて、そして……その途中で落下した。落ちた。

全身を支えていて地面に立たせていた力が行き場を失って、墜落した。

ずるるっ——と滑り落ちた先は、地中だった。それは極めて原始的で古典的な罠——落とし穴だった。

「え——」

と彼女が上を見ると、岸森由羽樹がやって来て、無様に落ちている彼女を見おろしている。そこまではまだ普通だったが——その彼の横に、信じられない男も立っている。

彼女の同類のはずの、取り引きして互いの監視対象を交換していたはずの男が、なぜかそのストーカー相手と並んで立っている。

「浮かれて、誘《おび》き寄せられて——マヌケそのものだな、ええ——塩多樹梨亜？」

心底、彼女のことを侮蔑しきった口調で話しかけてきたのは、甘利勇人その人だった。

4.

「ど、どうして——？」

愕然とする樹梨亜に、甘利が冷ややかに言う。

「おまえがその落とし穴に落ちることは、既に決定されていた。おまえはその一人分のスペースしかないところに足を載せることは、俺の〈フラッシュ・フォワード〉によって予知視されていた、確定事項だったのだ」

「……な、な……」

「そもそも、おまえは不自然に思ったことはなかったのか？　ただでさえストーカーというのは隠れて行動しているのに、他の対象を追跡している者と遭遇することがどれほど不自然なのか。それはすべて、この甘利勇人の特殊な才能——未来を覗き見ることができる能力によって実現したことだったのだ」

「の、能力……？」

そこで岸森由羽樹が、ふん、と鼻を鳴らして、言う。

「おいおい——まさかおまえ、本当に俺が気づいていなかったと思うのか？　陰からこそこそと俺のことを観察していたのを、俺が全然わかっていなかったと——本気でそう信じていたのか？　ずっと知っていて、あえて泳がせ続けていたに決まっているだろうが——おまえも承知のように、俺は優秀な男なんだぞ。おまえごときに俺の眼をかいくぐることなど、最初から不可能なんだよ」

「…………」

樹梨亜が自失状態のところに、甘利勇人が言葉を重ねてくる。

「そしてもちろん、我々は最初からグルだ。お互いの目的のために、共謀して活動していたんだよ。おまえに見せていた岸森くんの映像は、ありゃ綿密な打ち合わせのもとに作ったプロモーションフィルムってわけだ。良くできていただろう？」

「…………」

岸森由羽樹が、しょうがないから説明してやるか——というような、ひどく傲慢な態度で言う。

「おまえ程度のレベルの人間には想像もつかないだろうが――この世界には秘められた真実というものがある。この岸森由羽樹はそれを〝デカダント・ブラック〟と呼んでいる。この世界に満ち満ちている人間たちの心に潜んでいる暗黒の波動だ――俺はそれを利用して活用する方法を、ずっと研究している……そして、その研究対象のひとつが塩多樹梨亜、おまえだったんだ」

「…………」

「おまえが心に抱えているデカダント・ブラックは純度が高い――だから関心を持って、おまえがさらにその純度を高めていくような工作をしていた。そう――俺のストーカーになるように操作したんだ」

岸森は樹梨亜の額の辺りを指差して、にやりと笑った。

「人間に自由意志などない――あるのはただ、濃度を変えて流動するデカダント・ブラックだけ。他人の意見に流され、その場の雰囲気に呑まれ、あげくに自らの生命さえ軽視するようになる――おまえらが誰も自覚できないその流動を、俺は感知することができるのだ。そして今――おまえの観察を終えて、そのときが来たのだ。収穫のときが」

そして、指先をじわじわと、まるで釣り竿を引き上げるかのような動作で上に向けていく。

何が起こっているのか、樹梨亜の眼にはそれが視えることはない……だがその動きに合わせるように、樹梨亜の思考がどんどん薄れていくのがわかる。

心の中で煮えたぎっていた執着が、それが裏切られたときに生まれた焼け爛《ただ》れるような絶望が、心の中で収拾がつかないほどに沸騰していた形にならないドロドロとしたなにかが、引き抜かれてその濃度を急速に薄められていく……。

「おまえのデカダント・ブラックの純度の高さは、充分に〝芯〟としての役割を果たすことだろう。光栄に思えよ。おまえの心の闇の濃さこそが、俺が世界中の人間を支配する、その〝起点〟となるのだからな——」

あれほど恋い焦がれたはずの声が、ひどく遠く、そして軽いものとして空虚に響いていき、そして——なにも聞こえなくなり、なにも見えなくなり、なにも感じなくなる——

＊

「——しかし岸森くんよ、今のおまえの発言は、まだ時期尚早じゃないのか」

「ん？　ああ——まあ、大した違いはないだろう？」

「大ありだ。おまえが世界を支配する立場になると、まだ決まったわけじゃない。俺たちはあくまで共通の危険を排除するために共闘しているだけで、いずれはどちらが真のボスなのか、決着をつけなきゃならんことを忘れるな。おまえのその〝心の闇を操る〟能力と、俺の未来予知能力と、どちらが上なのかを、色々片付いた後ではっきりさせる」

「片付いた後で、だろう？　そういう甘利くんだって、まだその〝未来〟とやらが視えていないんだろう？　だから俺の助けを必要としているんだろう」

由羽樹がそう言うと、勇人はぎりり、と奥歯を軋ませた。

「あの忌々しいイメージが——あの黒い筒のような影が、いつまでも俺の未来の先に現れやがる……あのイメージさえなければ、おれはおまえの助けなどいらないんだ」

苛立ちと怒りに燃えている。そんな彼に、由羽樹はまた、ふん、と鼻を鳴らしてうなずく。

「ブギーポップか……宮下藤花の裏に潜んでいる二重人格なのか、それともすべては偽装で、あの娘はいつだってブギーポップなのかな」

「それは、ここ二年もの間ずっと観察し続けてきても、結局わからないままだった……だがもう見極めようとするのはヤメだ」

「統和機構とブギーポップ、俺たちの将来にとって害になりそうなトラブルを同時に解決してしまおうというこの作戦、今のところはうまく行っているじゃないか？　塩多樹梨亜に挑発させることで、宮下藤花もどうやら誘き寄せられているようだし。統和機構も——あのおめでたい舵浦遊麻が、誘導されているとも気づかずに、俺たちの前でその手の内をさらけ出せば、後は喰い込んでいっていくらでも好きなように操作してしまえばいい。なにしろ、心にデカダント・ブラックを持っていない者など、この世に存在しないのだからな」

くっくっくっ、と笑う由羽樹に、勇人はまだ不満そうな顔を向けている。

「しかし……岸森くんよ。おまえ少し余計なことをしすぎじゃないのか。この前の、駅前でブギーポップに看板を落として攻撃しようとしたこともそうだが——新刻敬を引き込んだりして、余計なトラブルのもとを増やしているんじゃないのか」

「新刻敬は宮下藤花ともかなりの縁があるんだろう？　いいじゃないか、彼女もまたブギーポップを引き寄せる餌の一つになるだろう」

「おまえは未来が視えないから、そんな脳天気なことを言ってられるんだ……俺には人が未来に及ぼす影響力がある程度わかる。あの女はかなりの難物だ。扱いきれなくなる前に始末した方がいい」

「それも考えてはおこうか」

「何で気に入ったんだ？　新刻にはそんなに深い闇が心の中にあるのか」

「さて、どうだろうね」

　そう言いながら、彼は立てたままの人差し指をくるくると目の前で回している。

　そこには余人に見えないものがある。塩多樹梨亜から抜き取ったデカダント・ブラックの結晶が浮かんでいる。

　それはぶよぶよと奇怪に蠢《うごめ》きながら、孵化《ふか》のときを待っている水棲生物の卵のようだった。

5.

いよいよCM撮影が始まった。

ぱあん、という鉄砲の音と共に、生徒たちが一斉に校庭に走り出してくる。その様子を俯瞰《ふかん》でクレーンカメラが捉えている。

鉄砲は体育祭で徒競走のスタート合図に使われるもので、学校の備品だ。生徒たちにわかりやすい方がいいだろうという選択だったらしいが、生徒たちの騒ぎが大きすぎて、その音はびっくりするくらいに小さくしか聞こえなかったので、彼らがそれぞれの出入り口から出てくるタイミングはかなりばらけていた。

しかし、撮影は止められることなくそのまま続行されたので、竹田啓司は、あれ、と思った。

(ここはやり直しじゃないのか？　最初の予定とかなり違っていたようだったが……)

ちら、と椅子に座っているCMディレクターの方を見るが、まったく動く様子がないので、これでいいのかな、とも思う。

(でもなあ……いや、あるいはとにかくいったん最後までやらせて、その勢いがある中でいい表情とかを後で抜き出せるから、とか考えているのかも)

とはいえ、不安なので横にいる舵浦遊麻にこっそりと耳打ちする。

「あのう……今、失敗したみたいなんですけど……」

そんな彼に対して、舵浦は笑って、

「ああ、大丈夫大丈夫！　どうせ何回も撮影するんだから」

と大きな声で言ったので、竹田は驚いてしまう。声を出してはいけないのでは……と、その表情を読んだか、舵浦が、

「ああ、別に音を同録してるわけじゃないから、いくら音を出したって平気よ」

と明るい口調で言った。

いやそれはそうかも知れないが、スタッフの心証というものもあるだろう、と竹田は焦った。仕事中に横でわいわい騒がれていて、平気な人間などいないのだし……と周囲を見るが、しかし他の人間たちはだれも彼らの方を見ていない。無視されている……というよりも、なんだかそっちを見てはいけないという命令でも下されているかのような、そういう妙に硬い空気があった。

その間にも生徒たちが校庭のトラックに出てきて、丸く描かれた緑色の線に合わせて、ぐるぐると回り出す。CG合成でそこには後から光り輝く天使が嵌め込まれる予定だ。

（でも、その天使役のタレントがまだ決まっていないとか言ってたけど、それで撮影なんかしちゃっていいものなんだろうか。業界ってそういう見切り発車が多いんだろうか）

竹田はどうにも腑に落ちないものを胸に抱えながら、撮影の様子を観察していた。

生徒たちはみんな大はしゃぎで、陽気に笑いながら指定された行動を取り続けている。大した一体感だな、と竹田は感心する。

（うちの高校だったら、こんな風にみんなが一致団結とかしそうにないな……みんなどっか冷めているから。いや、それともそれは僕の誤解で、僕以外のみんなはこういう機会になったらやっぱり張り切って協力とかしたんだろうか……浮いていたからな、僕は。みんなは僕に自分の本音を見せなかっただけなのかも……）

そんな余計なことを考えてしまって、もやもやした気分になる。いやいかんいかん、見学中で、これは仕事のひとつなんだからもっと真面目にやらないと——と思いながらも、なんだか嫌な気分の悪さがじわじわとこみあげてくる。

（な、なんだか変だな——）

と、気づく。

周囲に、びびびびび……という鈍い振動するようなノイズがかすかに充満している。撮影機材の音にしては、その音は至るところから響きすぎている。それが耳の中で不快に絡みついて、気分が悪くなっているのだった。

「か、舵浦さん？」

「なあに、竹田くん」

「なんか変な音がしませんか？　これ、身体に悪い感じのやつですよ。いったん撮影をやめてもらって、生徒たちを校内に戻した方が……」

と彼が言いかけたところで、舵浦がにこにこした顔のまま、

「いやあ、さすがに気づくのが早いね——でも、駄目なの」

と言うや否や、その身体が眼にも留まらぬ速さで動いて、竹田啓司の背後に回って、その首筋の後ろに手刀を叩き込んでいた。

竹田啓司は呻き声を上げることさえなく、あっけなく気絶してしまった。

倒れかかる彼の身体を遊麻はすかさず支えて、何事もないかのように、近くのデッキチェアに彼のことを座らせて、安定させる。周囲のスタッフたちはもちろん、誰も彼女たちの方を見ない。

「駄目なのよ、竹田くん——だって、それが目的なんだから……」

遊麻は悪戯っぽく、彼の耳元で囁いてからにやりと笑う。

そう、そういう実験なのだから当然、撮影の段取りが予定と違おうがなんだろうが、まったく問題ないのだ。肝心なのはこの〝音〟に晒《さら》された生徒たちが見せる反応を記録することにあるのだから。

その低周波は、聴覚そのものではなく、耳にある三半規管の方にこそ作用するもので、交感神経、副交感神経の両方を掻き乱し、人の肉体にある種の失調状態をもたらす。

それは二つの矛盾する目的で開発された技術——すなわち暴徒を鎮圧しつつ、かつ扇動する

という相反するものを同時に実現させうる兵器として設計されている。超音波も使用しているが、大半は空気の微細な振動で、音としては成立しない波動のみで構成されている。

その振動を浴びせかけられた人々は、内臓に不調を感じて、そっちに血流を集中させようとするが、同時に三半規管の機能不全も引き起こされて眩暈を覚え、頭にも血を送り出そうとする。結果どの箇所でも微妙な貧血状態に陥り、過剰に攻撃的になると同時に不安にも駆られる。集団ヒステリー状態に誘導されるが、それは疑似貧血感覚の中で起きるため、暴れ出すがすぐに倒れてしまうという結果になる。

本来、これは統和機構が開発していた技術ではなく、某国が自国の民に使用するために極秘で研究していたものだったのを、統和機構が裏から手を回してその軍事計画そのものの予算を凍結、続行不能に追い込んだ上で、研究成果だけを横取りしたものであった。故に未完成で、果たしてどれほどの効果があるのか、まだ誰にもわからない。

(もしかしたら全員、脳から出血して死ぬかも知れない。それを確かめるのがこの任務の目的――)

指向性のスピーカーで生徒たちに向けて音波を放っているから、外にいる遊麻やスタッフたちにはそれほど害はないはずだが、しかし念のため全員がその〝音〟だけを遮断する耳栓を付けている。インカムに偽装しているので、誰もそれを不審には思わないようになっている。

この〝装置〟の有効性が確認されれば、統和機構はより大掛かりな計画に乗り出すことになるだろう。そもそも人類の中に生まれるかも知れない、危険な能力を持った異分子MPLSを駆除するのが統和機構の使命であるが、この〝装置〟はその炙り出しにも使えるだろう。自制心を失って正体を現す者を見つけるために使用できるだろうから、世界各地に設置されて、人々が知らす知らずのうちに検査されることになる……もしも逸脱者であった場合、本人が自覚もしないうちに駆除されてしまうことになるだろう。

(その先鞭をつけられるのだから、これを成功させれば、この舵浦遊麻は将来の大物間違いなしということになる……!)

興奮を隠そうともせず、にたにた笑いながら遊麻は生徒たちをじっと観察している。最初は陽気に走り回っていた彼らだったが、だんだんその足取りが鈍くなってくる。空を仰いで、ぜいぜいと息を切らしている者もいる。

(効いてる効いてる……いいぞ)

どうやら即座に致命的なダメージを受けることはなさそうだ。じわじわと効果を発揮している。

(少し出力を上げてみるか――)

遊麻が手元のリモコンを操作して、音のボリュームをわずかに増やすと、生徒たちががくんがくんと激しく身体を揺すりだした。効果てきめんだ。素晴らしい、こうなったら一気に行くか、それとも――

（いや、もうちょっと様子を見よう。出力を今度は抑えて——）

とボリュームを絞った。だが——生徒たちの身体の揺れがとまらない。それは痙攣というよりも、なんだかダンスをしているようでもある。

（あれ？　落ち着かないのか？　いったん効き始めたら一方通行か？　それとも——）

彼女が注意をそっちの方にばかり向けていた、そのときだった。

背後から、彼女はいきなり羽交い締めにされた。

ひとりではなく、いっせいに四人の男たちが彼女の身体をがっちりと摑んできた。

「——?!」

驚いたのは、そいつらが知らない敵だったからでなく——今の今まで、一緒に実験を行っていた、いや今も行っているはずの、味方のスタッフたちだったからだ。

「な、なんだおまえら——一体どういうつもりで……」

と叫びかけたところで、彼女の前にそいつが現れた。

実験を行うにあたって、極めて便利だった男——好都合の人物だったはずの少年。

「やあ、舵浦さん——ご苦労様。もうそろそろいいや、あんたは」

岸森由羽樹が、へらへらと笑いながら話しかけてきた。

6.

「な——岸森くん、どうして……？」

「いや、そういう説明はさっきしたから、もういいんだよ。とっとと舞台袖に下がってくれ。ほれ」

と岸森が指を一振りすると、舵浦の意識は彼女の脳裏から引きずり出されて、一瞬でブラックアウトしてしまった。ずるずると崩れ落ちる……だが、その膝が途中で急にぎしっ、と停止して、再び起き上がる。

「……わかりました、岸森さま……私は何をしましょうか……」

その声には奇妙な明るさがあった。心の中の闇がすっかり晴れ渡ってしまって、いっさいの屈託や虚勢や無理が欠落した声だった。

「とりあえず、いったんその〝装置〟とやらを切れ。そいつは宮下藤花が——いや、ブギーポップか、とにかくあの変な扮装をした奴が来てから、あらためて最大出力でいきなりカマしてやれ」

岸森が言うと、舵浦はすぐにリモコンのスイッチを切った。ノイズは収まるが、しかし踊り回っている生徒たちの動きはそれでも変化しない。まるで最初から関係なく異常だったとでもいうかのように。

「ブギーポップ、ですか……それは女子高生の間で広まっている、あの噂の死神のことですか。それともなにかの喩えですか」

「あー、その辺は俺もよく知らん。とにかく宮下藤花だ。あいつが変な姿をして、この辺に現れたら、そこを攻撃しろ。知ってるだろ、宮下藤花。そこの竹田啓司の彼女だ」

「……竹田くんは人質、ですか……？」

「そんなようなものだ。いや、正直俺にはそんなにブギーポップが危険とは思えないんだが、甘利のヤツがうるさいからな——充分に備えておいた方がいいだろ」

「では、カタがついたら、竹田くんは——私の好きにしても……？」

「ああ。どうにでもしろ。オモチャにして、なんにでも使えばいいさ」

「……ありがとうございます……」

「得体が知れないが、あれだろ？　世界の危機を救う秘密のヒーロー気取りなんだろ？　これだけの大勢の生徒たちが怪しげな実験に晒されたら、それを察知して、ノコノコと現れるんだろ？　まんまと用意された破滅に首を突っ込んでくるってわけだ——」

ひひひっ、と引きつったような笑いを洩らす。

「俺は既に、どんな相手にも通用するだけのデカダント・ブラックの蓄積を終えている——どんな相手であっても、そいつに心がある限り、そこに闇が潜んでいる以上、誰も俺には逆らえないのだ——あらゆる者は、集合的無意識の暗闇に呑まれるだけだからな……！」

そのためには——最後の仕上げとして、岸森由羽樹は既に用意してある〝制御装置としての精神〟の収穫に向かう。

ギリギリまで引っ張った分、より濃度が増しているはずのデカダント・ブラックを——新刻敬の精神を、その構造ごとごっそりと抜き取って、物事の白黒をはっきりと区別できるその技術だけを盗み取ってしまうつもりなのだった。

後に残るのは廃人と化した少女の抜け殻だけ——そこでとうとう、岸森由羽樹の支配者としての第一歩が始まるのだ。

＊

とんとん……。

「……ん？」

他の、幡山高校の連中はみんなＣＭ撮影に行ってしまったので、一人でバレーボール部の部室で待っていた私は、変な音が聞こえたような気がして、振り向いた。

ドアからではなく、窓の方から小さなノック音が響いてきたような気がしたのだ。

（何かしら……？）

部室の高いところにある小さな窓は曇っていて、外はまったく見えない。近寄って覗き込んでも、外に誰かがいるような影はない。

「気のせいかな……」

ただでさえ、なんだかさっきから頭がふらふらしているので、空耳でも聞こえてきたのだろう。そのふらつきはまるで、全身の精気が外に流れ出ていってしまっているような感じで、なんとも薄ら寒い感じのするものだった。

「きっと疲れてるんだわ。馴れないことばかりしてるし、学校も休んじゃってるし……」

私がぶつぶつと独り言を言っていると、ふいに足元から、

「いや、それは君からデカダント・ブラックが流出してしまっているせいだよ。あのバンパイアみたいな吸い取り野郎が、君たちの気力たるエネルギーを一箇所に集めて利用しようとしてるんだ」

という声が聞こえた。異様にきいきいと甲高い、昆虫が喋るような声だった。

びっくりしてそっちの方を向くと……そこにいたのは、実に奇妙としかいいようのない、小さな小さな影だった。

「身体が小さいのは勘弁してくれ。なにしろぼくのご主人様は、その心のほとんどを奪われてしまって、残っているのは一欠片の希望だけなんで」

筒のようなシルエット。黒帽子に黒マント。白い顔に黒いルージュ。でも……サイズが決定的におかしい。

そいつはどう見ても、ブギーポップとしか思えない姿をしているのに……そいつの身長ときたら、たったの五十センチくらいしかないのだった。

身体のバランスがおかしく、三頭身くらいしかない。全身マントにくるまれて見えないが、手足もきっと短いのだろう。そして特徴的な黒帽子は、頭に比べて大きすぎて、眼の上まですっぽりと被ってしまっている。

ちびッ子ブギーポップ――そんな風に呼ぶしかないような、それはあまりにも異様な存在だった。

「いや、もちろんこれはデカダント・ブラックの欠乏によっておかしくなっている君が見ている幻覚なんだけど、でも君の意識の中で起こっているという意味では、君の現実だ」

ちびブギーはうんうんうなずきながら言って、それから少し困ったように、

「それで、こんなことを弱り切ってる君に頼むのもなんだけど――世界を救ってくれないかな、悪いんだけど」

と言った。

＊

どんどん――。

ノックの音もそこそこに、バレーボール部の部室のドアが乱暴に開けられた。

「おい新刻敬、待たせたな。やっと――」

と言いながら入ってきた岸森由羽樹が見たのは、空っぽの室内だった。

「…………」

普通の背丈の高校生ならとてもくぐり抜けられないような大きさの、高いところにある小さな窓が開いている。

ロッカーが倒されていて、その上に靴の跡が残っている……踏み台にしたのだ。

「……どういうことだ？」

岸森由羽樹の顔が、ぎしりと怒りで軋んだ。

cadent 5

〈禍々しい〉から〈華々しい〉に

デカダント・ブラックは
逃げるのが嫌いというが別に逃げないわけではなく、
むしろ立ち向かう方がもっと嫌いであるが、
それには眼をつぶっている。

――ブルドッグによる概略

1.

甘利勇人が、自分は他人とは違うというのを自覚したのは小学生のときだった。どうして他の人は明らかに間違っているとしか思えないことに向かっていくのか、それが長い間不思議だったのだが、どうやら、

（そうか、みんなは未来が視えないのか……）

ということがわかったのである。彼にとって、何かをしようとする前に、ぼんやりとその結果のイメージが脳裏に浮かぶのは当たり前のことだったので、それがみんなには感じられないのだというのはかなりショックなことだった。

しかし、すぐにそれは喜びに変わった。自分が他の誰よりも抜きん出て優れているということなのだ、という自負が彼をだんだんと傲慢な人間に変えていった。

両親はすぐに相手にならなくなった。どんな風に叱ろうとしても、先回りして相手の論理の破綻を指摘してくる気味の悪い子供を、親は扱いきれずに投げ出した。しかし困ったことはなかった。金など、彼にはいくらでも手に入る。最初は宝くじで、資金を貯めたら株式投資で、十代にして彼には数億という資産がある。

ただ、どんなことをしようとしても、その結果が視えてしまう彼にとっては、金を使いまく

って遊ぶという行為はまったく楽しくなく、金を増やし続けることにも興味はなく、故にどちらかというと、彼は周囲からは地味に見られるような少年になっていった。

彼の内心の傲慢さを、ほとんどの人間が理解しないまま、この怪物は心の中で形にならない欲求不満を蓄積させていった。

だが……そんな中で、彼の脳裏に何度も何度も現れるイメージがあった。

黒帽子の死神——ブギーポップ。

それはどんな未来を視ようとしても、最後にぼんやりと現れてきて、するとそこから先は真っ暗に変わってしまう。

ブギーポップが彼の未来に立ちはだかる障碍《しょうがい》であることは明らかなのだが、それがどういう未来なのか、それだけがどうしても視られない状態がずっと続いてきた。すぐに宮下藤花のことまではわかったので、その観察をずっと続けてきたが、しかし一向に事態は改善されなかった。

そこで——痺《しび》れを切らした甘利勇人は、強引な方法に出ることにした。

自分と似たような、しかし決定的に違うタイプの能力の持ち主を見つけ出して、そいつにブギーポップを攻撃させようという計画を立てたのである。もちろん岸森由羽樹が話に乗ってくることも事前に予知視できていたのでまったく問題はなかった。

失敗するなら、それは逆にはっきりとした未来として捉えられるだろうから問題はない。今の時点では彼らが破滅する未来はまだ視えてこない。

（そうとも――大丈夫だ。うまく行っているのだ……だが）

ひとつだけ気になることがある――新刻敬。

（あの女は――あいつの未来は、あいつの意志に沿うようにしてまっすぐに伸びている）

ああいうヤツは面倒だ。文字通り〝運否天賦《うんぷてんぷ》に頼らず自らの手で運命を切り拓く〟タイプなのだ。

（あいつが何か余計なことをしなければいいが――）

＊

「――な、なにこれ……？」

ちびブギーに導かれて、バレーボール部室から外に出てきた私の目の前に広がっているのは――真っ黒い海だった。

地面があるべきはずのところが、黒いどろどろとした液体で埋め尽くされている。そして大きく波打って、前後左右に激しく揺れ動いている。

そして空はというと、これが馬鹿馬鹿しいようなピンク色をしている。夕暮れなどで多少オレンジがかった空になることはあるが、ショッキングピンクの空など見たことも聞いたこともない。そこにふわふわと浮いている雲はどぎつい紫色である。頭がぐらぐらしてくる――。

「いや、逆だよ。頭がぐらぐらしているから、そういう風に世界が見えるんだよ。おかしいのはあくまでも君の方なのさ、新刻敬」

ちびブギーがしたり顔で言う。いつのまにかそいつは、黒い海の上に立っている。

「あ、危ないよ――沈んじゃうわ！」

「だからそれは錯覚なんだよ。地面は固体のままだ。液体に見えるだけで、君だって上を歩けるんだ。ほら、勇気を持って一歩を踏み出さないと」

「そ、そんなこと言ったって――」

と私がためらっていると、バレー部室から、どんどん、という鈍い音が響いてきた。

「ほら、早くしないと凶悪な鬼がやって来て、君の心を全部吸い取ってしまうぜ。逃げないと」

「ええい――どうにもでもなれ！」

私は飛び込むつもりで、真っ黒い海にその身を投げ出した。でも言われた通りに、身体は沈まないで、足が表面に乗る――でもぐにゃんぐにゃんと柔らかく動いて、とても立っていられない。私は両手をついた。両手にもぶにゃぶにゃと気持ち悪い感触が伝わってくる。

「なんなのよ、この黒いのは――」

「デカダント・ブラックの海だよ。この幡山高校の生徒や職員たちから集めた精神の暗い部分の、その寄せ集めさ」

「どうしてあんた、そんなこと知ってるの？」

「正確に言うなら、ぼくが知っているんじゃなくて、君の無意識が知っているんだよ。君はもう、すべての状況を本当は把握しているんだ。ただ精神に受けているダメージが大きすぎて、表層意識では考えをまとめられないいんだ」

「訳わかんないけど、とにかく逃げないといけないのね――」

私は不安定な海の上を、四つん這《ば》いでよたよたと進む。

すると前方に、また奇妙なものが現れた。

海の上から木が生えている――でもその木には葉っぱがひとつもなくて、しかもやっぱりグニャグニャと蠢いているのだった。そういう木がたくさんある。林というか、ジャングルというか――とにかくその森が、その全体がなんだか踊っているみたいに見える。

「あれは――」

「根っこが海につながっているところを見ると、幡山高校の生徒たちだろうね。校庭に出て踊っているはずの人々が、君には木に見えるんだ。きっと彼らの生命力が弱っていて、動物というよりも植物に近くなっているという暗示だ」

「なんでもいいわ――木陰に隠れられそう」

私はだいぶ足元の不安定さにも馴れてきたので、へっぴり腰で立ち上がって、転がるようにしてその蠢く木々の中に入り込んだ。

　すると背後の海の上に、ずざざ——と大きな影が滑るように動いてきて、大きな口を開けて、うおおおん、と咆哮《ほうこう》した。びりびりと痺れるような大きな、怒りの雄叫《おたけ》びだ。影にはツノやらキバやら尖ったものが無数に生えていて、とても禍々《まがまが》しく恐ろしい姿をしている。あれが〝鬼〟なのか——名前を思い出せないが、私はそれがとても恐ろしいものだということをぼんやりと思い出す。するとまた頭がクラクラしてきた。

「その眩暈は好転の兆しだよ。心の底まで支配されていた君の精神が、徐々に自主性を取り戻しつつあるんだ。少なくともあの〝鬼〟を怖いと思えるだけでも大いなる回復だ」

「いや——どんどん気分が悪くなってきてるんだけど——」

「それは我慢するしかないね。なにしろ君は今、心の暗い部分を戻している途中なんだから。誰だって自分の嫌な面は見たくないものだからね」

「ううう……」

　私は呻きを洩らしながらも、木の陰に隠れてその〝鬼〟に見つからないように、身体を縮める。こういうときは小さい身体が便利だった。そういえば私は、小学生の頃は隠れん坊の達人だったのだ。一度隠れたら、誰にも見つけられず、自分から出てきて遊びを終わらせるのはいつだって他の誰でもなくて、私の役割だった……。

「まったく——小さいことはいいことだなんて、一度も思ったことなかったけど……」

私が口の中でぶつぶつぼやいていると、くいくい、と後ろから裾を引っ張られる感触がある。振り向くと、そこには一匹の犬が立っていた。フレンチブルドッグだった。胸元に蝶ネクタイを付けている。

「ねえお姉さん、今ならいい話があるんだが、乗るかい？」

ブルドッグは胡散臭《うさんくさ》い口調で話しかけてきた。

これも幻覚なのだろうが、少なくとも私には見覚えのないイメージだった。

「なんなの？」

と私がちびブギーに訊くと、小さな黒帽子はうなずいて、

「たぶん、幡山高校の生徒の誰かから洩れだしている幻覚だね。君たちは今、デカダント・ブラックの海で精神が微妙に重なっているから、他人の妄想がお互いの頭の中に流れ込んできているんだろう」

「ねえねえお姉さん、そんな変なヤツとばかり遊んでいないで、おいらとも付き合っておくれよ」

ブルドッグはなおも裾を引っ張ってくる。かなり鬱陶しい。

「……とにかく、早いところケリをつけないと、どんどん面倒になってくるのは間違いなさそうね――」

私はため息をついた。

2.

「くそ——新刻敬、どこに行きやがった……？」

岸森由羽樹は焦っていた。

彼が人間たちの中にあるデカダント・ブラックを操作するには、一つの条件があった。必ず、誰か鍵となる精神が自分以外に必要なのだ。たとえばクラス中を喧嘩の嵐に包みたいときには、誰かやたらに激昂している奴の怒りが発火点になるし、全体を元気なくさせたいときには、ぐったりと弱っている奴の衰弱を鍵にする。

自分の心は一切使わないし、使えないのが彼の能力の限界だった。素材として揃っているものを加工できるだけで、無から有を創り出せないという点に於いて、彼は魔術師というよりも料理人に近いのだった。

そして今は、新刻敬の苛立ちを利用する予定だった。彼女の〝曖昧なものは許せない、整理したい〟という衝動を鍵として、巨大に集束させたデカダント・ブラックをコントロールしようと考えていたのだ。

（それなのに——肝心のあの娘が逃げ出すとは——想定以上に苛立ちが大きすぎて、じっとしていられなかったのか？　いや、それにしては何か不自然だ——）

どうやら新刻は部室から出て、校庭でぐるぐる回りながら踊っている生徒たちの群れの中に紛れ込んでしまったらしい。その中から一人を見つけ出すのは厄介だった。むろん、いったん生徒たちをおとなしくさせれば何の問題もなく、すぐ発見できるのは歴然としていたが、今、ここで解除してしまうとせっかくの準備があれこれと無駄になってしまう。既にブギーポップを誘き寄せる罠の数々は作動してしまっているのだ。

（ここでやめると、ブギーポップを取り逃がしてしまう——なんとしてもその前に、新刻を見つけ出して、デカダント・ブラックの制御を我が手にしなければ——）

岸森は生徒の群れを睨みつけて、そこに混ざっているはずの新刻敬の姿を捜す。しかしただでさえ小さい少女は他の生徒たちの中に埋没してしまうと、どこにいるのかまったく見当がつかなかった。

＊

……〝鬼〟が不機嫌そうな唸り声をあげながら、木々の周りをうろうろしている。

私は隠れていたいのに、裾をブルドッグがしつこく引っ張り続ける。

「ねえねえ、お姉さんお姉さん」

「なんなのよさっきから。私は忙しいの。君はあっちで遊んでなさい」

私は声をひそめてブルドッグを叱る。

「駄目だよ。あっちはすっかり空気が悪い」

とブルドッグが前脚の先を向けた方には、けけけと笑いながら木をばしばしと叩き続ける猿たちが大勢いる。

「あれって——」

「木を叩き折ろうとしているみたいだね」

ちびブギーがそう言ったので、私は、

「でも、この木が人間の本体——つまり自分たちなんでしょ。どうして幻覚が自分を折ろうとしているの？」

「さて。そういう理由は君の方がわかるんじゃないのかい」

ちびブギーは肩をすくめるだけで、それ以上は何も言わない。

猿たちは異様なテンションで自分自身であるはずの木をどこまでも痛めつけ続ける。その勢いの激しさは、なんだか痒《かゆ》いところを執拗に掻いてしまって血が滲みだしてしまう様子に似ていた。

「うー……」

私の気分の悪さがますますひどくなってきたところで、ブルドッグが、

「あっ、ほらほら〝鬼〟が行ってしまいましたよ」

と教えてくれたので、私ははっとなって、ちびブギーの方を見ると、もう彼は——いや、彼なのか彼女なのか、実はよくわかんないけど、私には男の子に見えるので——すーっと木々の間を抜けてどこかに向かっていくところだった。

「ちょ、ちょっと待ってよ。私をどこに連れていきたいの、あんたは？」

「だから、ぼくのご主人様のところだよ。新刻さんが必要なんです」

「あんたの主人って——本物のブギーポップ？　それとも……」

「それは自分で確かめてくれ。さあさあ、鬼があっちに行ってしまっているうちに」

ちびブギーはぴょんぴょん、と暗い森の奥へ奥へと進んでいく。私は相変わらずぐらぐらする足元に酔いそうになりながら、必死で追いかけていく。

頭上には鳥だかコウモリだかよくわからない、羽の生えた蛇みたいな生き物が飛び回っていて、喉についたスピーカーから、

「……腐れ……」

と甲高い声で叫び続けている。

口から緑色の血を吐き出しながら。

その血が降りかかってくる。

ぞわっとする感触に拭き取ろうとするのだが、手を伸ばしたときにはもう蒸発して跡形もな

くなっている。

「……後ろに誰かいるぞ、後ろに誰かいるぞ、後ろに誰かいるぞ……」

耳元で囁かれるような声がしたのでつい振り向いてしまったが、誰もいない。というよりもきっと、その声そのものが誰かの幻聴なのだろう。

「……後ろに誰かいるぞ、後ろに誰かいるぞ……」

視線を感じるだけで、具体的な何かは全然ない。ただ気配だけがうなじの上をぞわぞわと這い回っているみたいだ。

「……後ろに…………後ろに…………後ろに……」

進んでいくと声も遠ざかっていくが、かなりしつこく延々と響いている。いや、その声だけじゃなくて、気がつくと周囲からひそひそと小さな囁きが至るところから伝わってくる。

「……一二三四五六七八九……やっぱり一つ足りない……一二三四五六七八九……いくら数えても足りない……一二三四五六七八九……一つ足りない……足りない……」

「……より上だろ？　……あいつよりは上だろ？　……あいつより下なんてことあるわけない……あいつよりは上のはずだ……」

「せめて……せめてあそこまでは……あそこまではいかないと……せめて……せめて……」

「もうちょっとなんだけどな……もうちょっとなんだけどな……もうちょっとなんだけどな……」

ひたすらに陰々滅々とした、めそめそとした愚痴っぽい声ばかりが聞こえてくる。

（これって……つまり、みんなの心の闇の中で響いている声、ってこと？　でも、それにしては、なんというか……）

私が変な顔をしているのを見てか、ちびブギーが、

「どうも腑に落ちないみたいだね？」

と訊いてきた。私は唇を尖らせて、

「だって……デカダント・ブラックって、人間の心の奥底にある暗闇なんでしょう？　そんなご大層な存在の割に、なんだか……」

私が言い淀《よど》むと、ちびブギーはうなずいて、

「なんだか——しょぼい、って？」

と、はっきり言ってしまう。私はさらに渋い表情になって、

「だって——だってそうでしょ？　世の中で起きてる悪い事って、要はこの、心の暗闇が起こしているんでしょ？　それがなんだか、その底にあるのがこんな——こんなしょうもない愚痴っぽい繰り言みたいなものでしかないの？　そんなのって——」

「白けようがうんざりしようが、事実は事実だよ。人間なんてそんなものなんだ。心の深奥には隠された真実があるなんてことはないんだ。世にあふれる邪悪の元凶が圧倒的存在感のある巨大なものである必然性はないんだ。人間ひとりひとりがちっぽけで薄っぺらなものでしかな

いのなら、それにつきまとう邪悪もまた薄っぺらな動機からしか生まれないんだよ」

「………」

私はどんどん気分が悪くなってきている。さっきから口の中がすこし鉄臭い——きっと歯茎から出血しているのだろう。指先が痺れてきて、ひどく冷えているのを感じる。

そう——感じてきている。たしかに私は今、色々と治りつつあるのだろう。

頭痛もする。そのがんがん痛む頭の中で、私はもしかして——と思い始めている。

「ねえ、小さい黒帽子さん——もしかして、あんたって——」

と私が言ったところで、ちびブギーがいったん停まった。

そして振り向いて、改まって言う。

「さて——ここから先は少し、隠れる場所がなくなってしまう。木がなくなって、むきだしの所を行かなきゃならない。見つかってしまうかも知れない。それでも行ってくれるかい」

「何を今さら——そのつもりでここまで来たんでしょ？」

「その思い切りの良さ。さすがは新刻敬だけど——でも」

「私って、でも、とか、だって、って言い訳するヤツ嫌い——そーゆータイプ！」

言うと同時に、私は飛び出していた。

もう道案内してもらう必要もなかった。足元のどろどろとした黒い海、その波、それが押し寄せてきているその先——このデカダント・ブラックの根っこにあるものが、私の目的地だということはもう、わかっている。

私は走った。向かってくる波に逆らいながらなので前にも増して不安定だったが、逆にこっちから来るとわかっている揺れには対応しやすい。

目の前には何も見えない——ただただ黒い海が広がっているだけだ。目標は幻覚の中に霞んで見えないのか？　それとも——

「私と同じ——見つかりにくいのは——」

ひときわ大きな波打ちが来たとき、私は思いきって跳んでいた。

そして、飛び込む——思った通りに、そこには穴があったのだ。

見えにくいのは低いから——私よりもさらに低くて、地面にめり込んでいるほどのマイナスの高さだったから。

穴。

私はそこから海が溢《あふ》れ出している、その源泉の穴ぼこの中に落ちていった。

幻覚の中だと、それは百メートルくらいの距離に思えて、どこまでも落下していく感じだったけど、きっと現実ではそれは一メートルあるかないか程度なのだろう。

そう——落とし穴だったのだろう、きっと。

そこで私は、何やら柔らかい感触の上に墜落した。その生暖かい感触は、どんな暗闇であってもすぐそれとわかる馴染み深くて、そして時には少しぞっとしてしまうときもあるぬくもり

——他人の体温だった。

「う——」

私がいきなり上に乗ってきたので、その人物は呻き声を上げた。だがその眼は見開かれたまま、無表情でぼんやりとしたままだった。

私はその人物のことを写真でしか見たことがなかったから、まずは、

「やっと会えたわね——塩多樹梨亜」

と言った。

3.

「そうか——君にはもう、見当がついていたんだね」

ちびブギーが、いつのまにか私たちの傍らに立っている。落とし穴は本当ならすごく狭いのだろうが、幻覚の中では妙に空っぽで広く見える。きっと穴がどこまでもどこまでも深いのは、彼女が体験してしまった〝転落してしまった絶望〟の反映なのだろう。その空虚な闇の中に、ちびブギーはぽつん、と浮いているように見える。

「ええ——あんたが本物のブギーポップとは別人だってことは、なんとなくわかってたわ」

「これは塩多樹梨亜の心の中にかすかに残ったイメージなんだ。だから正確には君の知ってる

ブギーポップじゃなくて〝扮装した宮下藤花〟と言うべきだね」

そして、彼はその目深に被った帽子を上に上げてみせた。

そこにあった眼には——艶がない。

光の失《う》せた、艶消しの眼をしている。

その姿を私は知っている。私も、それと同じものと出逢ったことがある。それは敵でも味方でもない、それぞれの心の歪みの中に君臨するという——。

「歪曲王——あんたが既に、塩多樹梨亜に侵入していたのね」

「彼女はどうやら、宮下藤花とかなり交流があったらしい。だから今の樹梨亜の歪曲王がこの姿になったんだ。ただ、彼女は今、心のほとんどを奪い去られた状態にあるから、ぼくもこんなに小さな姿でしかないというわけだ」

「奪い去られた——だから、私を呼んだ？」

「彼女にとって、君だけがどこかで引っかかるものだったんだろう」

「なんで私が——」

と言いかけて、私はもしかして、と思い当たった。さっき、私は自分でこんなことを言っていたのを思い出したのだ。

〝塩多樹梨亜がストーカーなら、彼女には彼女の正義があって、それを守っている〟

よくもまあ偉そうに、と今なら顔から火が出るほど恥ずかしいのは、これが実は私の言葉じゃないからだ。末真さんが教えてくれたことをただパクっているだけの浅い発言だ。だがあれをもし、この塩多樹梨亜が盗聴していたとしたら……彼女からしたらずいぶんと私は、塩多樹梨亜のことを認めている——そんな風に見えたかも知れない。

「そうか、それで私を頼ってきたのか……変な誤解をさせちゃったようね」

「しかし、どっちにしろ君以外にはできない。彼女の心を取り戻してくれ」

「心って……つまり」

「心の闇を、だ。漂白されてしまった彼女の中に影をつけてくれ。今はただ空っぽなだけだ」

「どうやって？」

私が訊《たず》ねても、ちびブギーは何も言わないで、ただ私を見つめ返してくるだけだ。どうやら私が考えなくてはならないらしい。

「うー……」

心の闇とか言われても、どうしていいかまるでわからない。しかし、もしやと思うことが一つだけあった。どうして心に暗いものが生まれるのか。最初は誰でも、それこそ真っ白なはずなのに、どうしてそこに影が生まれるのか。

それは、きっと——

「——ねえ、塩多さん。いいえ、ここはあえて樹梨亜って呼ばせてもらうわ」

私は無反応の彼女に話しかけた。

「樹梨亜、あなたはきっと、ストーカーとしちゃ凄腕なんでしょうね。他人の眼を盗んで、自分の好きなように相手のことを覗き見してつけ回すことのエキスパートなんでしょう？　でもね――」

私は少し身体を起こして、樹梨亜の顔をまっすぐ見おろすような体勢になる。

「人間関係ってのは、そういう一方的なものだけじゃ終われないのよ。あなたが誰かを見ているとき、それはあなたの方もまた見られる可能性があるということ――どんなに隠れようとしても、ほんの隙間からあなたの姿は見えてしまうものよ。私が、深陽学園の校門であなたを見つけたように、ね――そう」

さらに身を乗り出して、彼女に顔を近づける。

「すごく気になったわ。あの鋭い視線の持ち主は誰、どんな人、って――ふふっ」

私はさらに寄っていく。

「あなたは自分のことばかりで、他の人のことを考えたことがないんでしょう？　誰かを追いかけるばかりで、自分がそうされることなんて思っていなかった――私がどうして、幡山高校まで押し掛けてきたと思う？　それはあなたが気になったから――あなたが宮下藤花のストーカーなら、私は言ってみればあなたのストーカーってわけ……だから追いかけてきたのよ。これってどういう気持ちなのかしら？　あなたは知ってる？　知ってるなら、教えて――ねえ……」

と、私は彼女の唇の上に自分の唇を重ねた。

冷たく弛緩《しかん》した感触があって、そして——すぐに熱くなり、固くなって、ぶはっ、という呼吸が返ってきた。

私は顔を上げて、そして微笑みかけた。

「——びっくりした?」

と私が訊くと、今の今まで無反応だった少女は、ぱちぱちと大きく瞬きをして、

「う、うん——」

とうなずいた。

「冗談よ、冗談。好きになれるかどうかわかるほど、あなたのことはまだ知らないから」

「う、うん」

「ちょっと、怖かったかな?」

「うん——」

彼女の眼には光が戻っていた。光があれば、その後ろに影もできる。そう、ほんのちょっとの恐怖——それだけのことなのだろう。

人の心に闇を創る原因。

その始まりは、きっとこんな程度のことなのだろう。

よくよく見極めてみれば、なんということのないものに対して、必要以上に怖がって、怯え

て、いもしない脅威に対して過剰に構えてしまった武装——それが人の心の闇、デカダント・ブラックの本性。

きっと本当に怖がらなければならないような真の脅威に接してしまったときは、人は恐怖を持つ余裕さえなく、ただ押し潰されてしまうだけなのだろう。それに対応するためには心に闇など余計なものを後生大事に抱えている場合ではないのだろう。さっさと重荷を捨てて対応しなければならないのだろうから。

濃いだの薄いだのってだけで、他人に流されてしまう弱さと、自分で判断するのを嫌がる優柔不断さ——そんなものに負けてたまるものか。

「さあ、穴から出るわよ——すっかり狭くなっちゃったから。さすがに息苦しいわ」

私たちは、いつもの現実に戻っていた。

黒い海もなく、ピンク色の空もなく、地味で無彩色の、味気ない土色の穴の中に落ちて、土埃にまみれて薄汚れていた。

そして——あのめそめそした愚痴っぽい囁き声も、もう聞こえてこなくなっていた。代わりに聞こえるのは、風のような、ひゅうひゅうと流れる……。

「んしょ、よいしょ——っと」

私が先に穴から這い出して、後からぐったりと脱力してしまっている樹梨亜を引っぱり出す。

そこに、背後から刺々しい声が掛けられた。

「やってくれたな——新刻敬」

振り向くと、そこには岸森由羽樹が立っていた。

4.

「そうだった——岸森由羽樹だわ。さっきまでは名前も思い出せないくらい圧倒されてたけど——今はもう怖くないわ」

私がそう言うと、岸森はさらにその整った顔を怒りでぐしゃぐしゃに歪める。私はさらに、

「どうやら樹梨亜の気持ちを利用して、他の人たちも暗い気持ちに同調させていたみたいだけど——もうおまえの思い通りにはならないわよ」

と言ってやると、岸森はなんだか聞いたこともないような怒声を上げた。人の声というよりも猿の声みたいだった。幻覚の猿たちはもう消えたのに、そこだけまだまぼろしが残っているみたいだった。

「——なにか勘違いしているみたいだな新刻敬！　別におまえは勝ったわけでもなんでもないんだぞ！　少しくらい俺の支配から逃れたくらいでいい気になっているようだが——俺の能力が無力化されたわけじゃない！」

そう岸森が怒鳴ると同時に、彼の背後からわらわらと幡山高校の生徒たちが現れた。彼にデ

カダント・ブラックを操作されている人たちだ。

「おまえを徹底的に痛めつけてやるぞ、新刻敬——とことん辱めて、ぼろぼろに汚して、今度はその絶望を使って、改めて計画を……なんだ、なんで笑っているんだ、貴様は?!」

大声で喚き続ける岸森に、私は答えない。どうせすぐにわかることだからだ。

そう——幻覚の声が聞こえなくなって、その代わりに聞こえてくる風のような声が、さっきからずっと続いている、その音がなんなのか。

その口笛の音の意味を。

およそ口笛には似つかわしくない音楽——〈ニュルンベルクのマイスタージンガー〉第一幕への前奏曲が、いったい何を示しているのかを。

死神がもう——そこに。

微笑んでいる私のところに、幡山高校の生徒たちが殺到してきた……その前に、ひらり、とどこからともなく降りてきた。

黒いマントをたなびかせ、黒い帽子を目深に被り、白い顔に塗られた黒いルージュは、左右非対称のなんともいいがたい表情を刻んでいる。

「……すっ」

という風船の空気が抜けるみたいな音と共に、そのマントが翻った。

同時に、すぐ前にいた生徒たちがいきなり、ばたばたと薙《な》ぎ倒された。見えない糸で足元を掬《すく》われたみたいだった。

黒帽子はそのまま前進する。倒れた連中はそこに手を伸ばしてきて、他の連中も一斉に飛びかかってくる。

しかし彼らがお互いにぶつかり合うとき、黒帽子の姿はその中心にはいない。上にいる。

人々の頭の上に立っている。まるで重さがないみたいな身軽さで、頭を踏まれた者たちも平然と立ったまま、なにが起こっているのかわからないようだった。

そして……黒帽子は歩き出す。

足場の不安定さとか、人々の間隔のばらつきとか、そういったすべての不都合を無視して、人間たちの、文字通りの頭上を歩いていく。その異様さに比べたら、まだ水面の上を人が歩く方がまともに思えるほどだった。

すいすい進んでいく——その先にいるのは当然、岸森由羽樹だった。

「ひっ——」

と彼は掠れた悲鳴を上げたが、しかしすぐに、

「な、なんだか不気味だが……しかしちょっと素早いだけだろ！」

彼が手を振ると、その指揮に合わせて生徒たちが強引な動きに移る。

互いの身体をよじ登っていって高い位置の黒帽子に摑みかかろうとする。

ひょいひょい、と黒帽子はそれらを軽々とかわし続ける。その所作がなんだか踊っているように見え始める。

回転している。

その周囲を、人の群れがぐるぐると回り出す。その様子はさっきの木々の幻の動きに似ていたが、しかし決定的に違うところがひとつだけあった。

速い。

回転がとても速い。前は多少は速めだったかも知れないが、それでも人間が普通に回るくらいの速度だったはず……それが今ではもっと速い。理由がわかった。人々がお互いの身体を掴んでいるので、周辺の人間はもう足が地面についていなくて、中の人間の回転に引っ張られて宙を舞っているのだった。

百人以上の単位で行われているそれは、ほんとうに巨大なジャイアント・スイングなのだった。まるで組体操でメリーゴーラウンドが表現可能なのか実験しているみたいだった。

その中心には、飄々《ひょうひょう》とした黒帽子が軽快にふわりふわりと動き続けている。

「…………」

私の横で、樹梨亜が茫然とした顔でその光景を見ている。彼女はまだ回復しきっていない。ダメージは私の比ではなかったはずなので、意識も朦朧《もうろう》としているだろう。それでも彼女は呟く。

「……ずっと見てたのに……知らない……あんなの知らない……私は、私はあんなの見ていない……」

「そりゃそうよ――あなたがずっと見てたのって結局、宮下藤花の方でしょ？　あれは違うもの」

「ち、違う――？」

「あれはブギーポップよ。残念ながら私たちの理解を超えているもの――知っているはずなんかないのよ」

「…………」

私たちが脱力している間に、事態は収束に向かっていた。

そもそもどれだけ平衡感覚に優れた人間でも、回転し続けるのに耐えられるのなんてせいぜい十数回というところだろう。フィギュアスケーターだってずっとは無理なんじゃないだろうか。

当然の帰結として……互いの引っ張り合いによって回され続けていた人々の足元が乱れ始めた。よろめいて、左右に揺れて、そして……倒れ始めた。

将棋倒しに、とは言えない。絡まりあっているから――とにかく、人々は我先に競い合うかのように、地面にばたばたと水がこぼれ落ちるように倒れていって、そして立ち上がれなくなって、その場にへたりこんでしまった。

「——ひっ……！」

岸森由羽樹が背中を向けて、その場から一目散に逃げ出すのが見えた。一瞬そっちの方に気を取られたので、視線を戻したときにはもう、黒帽子の姿はどこにもなかった。

かくっ、と私の腕の中で樹梨亜が緊張の糸が切れたか、気を失った。息もしているから大丈夫だろう。

私はというと——そのとき、ちょっとだけ岸森由羽樹に同情していた。逃げられるとは、たぶん自分でも思っていないだろうに。

*

「——そ、そんな馬鹿な！」

岸森由羽樹は必死で逃走していた。すべてが彼の認識を超えている事態だった。

「馬鹿な——あり得ない！　どうしてあんな、あんなことが——」

体力的にはなんの問題もないはずなのに、喉からは荒い息がぜいぜいと洩れ出し続けている。

「い、いやきっと何かが間違っているだけだ。そうとも、どこかに見落としがあるだけだ。きっと態勢を立て直せれば、そうすればきっと打開策が——」

と、さらに加速して走り続けようとしたそのとき、彼の足元がふいに、ぐにゃり——と大きく歪んだ。

「──うわっ⁈」

たまらず転倒した。なんだ──と足元を見ると、そこは地面ではなかった。

真っ黒い液体のように変化した大地が、うねうねと波打っていた。まるで海のように。

「な、なんだこれは？」

と焦る彼の裾を、誰かがくいくいと引っ張った。

見ると、そこにいたのは一匹のブルドッグだった。胸元に蝶ネクタイを付けている。

「ねえねえお兄さん。そんなに急いでないで、遊びましょうよ」

ブルドッグは馴れ馴れしい口調で話しかけてきた。

「な、なんだこいつは──これは一体……」

「ねえねえ、どうせもうどこにも行けないんですから、お兄さんは」

「な、なんだと……？」

戦慄する岸森の前に、ぼんやりとした黒い影が立った。

宮下藤花の顔をした、黒帽子に黒マントの怪人が、いつのまにか前方に回り込んでしまっていた。

「岸森由羽樹──もしかすると君は、ぼくが君の敵だと思っているのかも知れない。だがそれは違う」

黒帽子は奇妙なことを言いだしてきた。

「な、なに……?」

「岸森由羽樹の敵は、新刻敬と塩多樹梨亜だった。岸森由羽樹は、あの二人にもう既に負けていて、その時点で自滅していた——操れるはずのものに、心が呑み込まれていた」

「——な、何を言っているんだ? お、俺はデカダント・ブラックを、完璧に——」

「それを操るためには、一つの条件があったことを君は知らなかったようだな——それは君自身が人間に対して恐怖を知らないままでいることが絶対条件だった。それが崩れて、君が誰かを恐れたとき——その暗闇は君自身に返ってきてしまうんだ。君は新刻敬を恐れた。彼女の意志に屈した。その時点で君は、自らが操れると過信していたデカダント・ブラックに、逆に囚われてしまったんだよ」

「う……」

彼は立とうとするが、うねる地面の波にまったく対応できない。そんな彼の耳元でブルドッグが、

「ねえねえお兄さん、ゆっくりしていってくださいよ——」

と囁きながら、ずっと彼の身体にべったりとしがみついている。黒帽子はそんな彼に、ゆっくりと近寄ってくる。

「君が自滅するときに、可能性としてその暗黒を周囲に撒き散らす危険があったようだ——そ

れが今回、ぼくを呼んだ世界の危機だった。どうりでずっとはっきりしなかったはずだよ。君が新刻敬にやられるまでは、君は世界の危機になっていなかったんだから。これまでの君は単に、恐怖すらわかっていなかった、ただの身の程知らずで、そして今は――」

ちょい、と黒帽子の下でその影は片方の眉を上げて、逆側の唇の端を吊り上げる、左右非対称の不思議な表情をしてみせた。

「――ずっと逃げ続ける、鬼のいない鬼ごっこをする子供だな」

「――」

「君は逃げ出した。恐怖に満ちた世界から逃げ出して、自分の心の闇の中に逃げ込んだんだ。だから――もう危機も去った。後はいつまでも遊び続けるといい……」

黒帽子の手が、さっ、と岸森の顔の上を撫でるように動いた。

がくん、と操り人形の糸が切られたように、岸森由羽樹の身体が崩れ落ちた。下にぶつかったときには、もうそこは黒い海ではなく、現実の固い地面に戻っていた。

5.

……またしても、ぼんやりとした世界の中にいる。

しかしそれはこれまでとは違って、どことなく優しい光のある空間だった。

「ご苦労さん。色々と大変だったね、樹梨亜ちゃん」

と話しかけてきたのは、黒マントを着た宮下藤花の姿をした、妙にちっこい影だった。その眼は艶消しになっている。歪曲王だ。

「私、なんだったのかしら……」

「それを決められる人は、この世に誰もいないだろうけど――ひとつわかったことはある。君がどうして岸森由羽樹に固執していたのか、その理由を」

「理由、って――」

「君が個人的に、どんな感情を持っていたかはさておき――おそらく運命的には、君はブギーポップと似たような立場だったんだろうね」

「何の話をしているの？　私は――」

「君は岸森由羽樹という〝世界の危機〟を阻止するために運命付けられた、彼の敵だったんだ。自動的に彼のことを追跡して、その破綻をひたすらに狙っていたのだろう」

「自動的、って――」

「君たちは自覚することもないけれど、実際のところ人間に自由意志なんてものはほとんどないんだ。ブギーポップのように極端な例はさておき、大体の人間は、周囲の状況やなんとなくの雰囲気に流されて、人生を適当に決めてしまっている。君は岸森由羽樹という存在に流されて、自動的にここまで来てしまっただけだ。そこに君の意志なんか、実はなかったんだよ」

「………」

「しかしどうやら、彼は既に倒されたようだ。ブギーポップが引導を渡した。これで君の使命も終わった——じゃあ、これからどうするんだろうね、君は」

「私、は——」

「どうせ流されて、適当なところに落ち着くしかないのが人生だけど、あるいはそこに君自身の意志を少しは反映させられるかも知れないよ。自分がどれくらい〝自動的〟になってしまっているか、それを自覚できさえすれば」

　反映と言っているそのちっちゃい影は、その瞳自身は艶消しで何も映し出されていない。そのシルエットもだんだんぼやけていく。夢は終わりだ。長かった悪夢は終わって、気怠《けだる》い日常の日々がまた始まるのだ。

「あ、あんたは——」

　樹梨亜はぼんやりしていく頭の片隅で、最後に問いかけをした。

「あんた、いったいぜんたい、なんなのよ——？」

　それに歪曲王は投げやりな声で、どうでもいいように言う。

「ぼくはどこにでもいて、どこにもいない存在——」

*

「う……」

塩多樹梨亜の口元から吐息が洩れた。

私はそんな彼女をひとまず地面に寝かせて、立ち上がる。

周囲の人々も、不安定にぐらぐら揺れながらも、徐々に身体を起こし始めていた。その全体に漂っている雰囲気は、ひたすらに混乱しているようだった。なにがなんだかわからず、皆が半ば自失状態になっている。

（どうやら、催眠状態みたいなものは解けたみたいね。みんなに、今まで奪われていたものが戻ってきている……）

私は、岸森由羽樹が逃げ去った方向に眼をやって、そして呟いた。

「これで終わったの？　ブギーポップ――」

*

（これで終わった――そう思っているんだろう？　ブギーポップ――）

地面に崩れ落ちて動かなくなった岸森由羽樹の前に立っている黒帽子の背後に、そいつがいつの間にか忍び寄っていた。

甘利勇人である。

（おまえがここで岸森を倒すのは、俺にも予知できた——）

彼の手には、大きなナイフが握られている。予知で、その武器を使うことが既に決定されているのだった。

（今までだって、宮下藤花を殺すことなどいくらでも可能だった——だが、それでは意味がない。おまえがこうやって、世界の敵を倒すブギーポップに変化しているところを狙わなければ、なんの意味もない——俺がその地位に取って代わるためには）

彼は、塩多樹梨亜などはるか足元にも及ばない、超熟練したストーカー技術によってまったくの無音、一切の気配を絶って相手に接近することができる。

彼が近づいていっても、ブギーポップは岸森由羽樹の方ばかりを見ていて、後ろには注意を向けていない。今、まさに一仕事終えたばかり——もっとも弛緩し、最大の隙が生まれている瞬間だった。

（おまえのその、特別な地位——世界のすべてを超越した特別な立場、死神という圧倒的な存在——おまえがここで死ねば、そのステータスはそのままおまえを打倒したこの俺のものとなるのだ！）

勇人はナイフを振りかぶる——いくら超人的な動きが可能でも、背後からの不意打ちには反応しようがないだろう。これでおしまいだ——勢いよく振り下ろされた必殺の切っ先が、黒帽子の脳天をまっぷたつにする——その確かに視えた未来に、しかし亀裂が走った。

ぴしっ——

というかすかな音が響いて、ナイフは黒帽子まであと数センチという位置で静止した。眼には見えない、極小の裂け目があって、その中に喰い込んでしまったかのように、そこから先に動かない。

「——ずれたね、認識と現実が」

冷たい声が響いた。びくっ、と思わず身を引く。

ナイフはあっさりそこから離れた。隙間に刺さったのではなく、眼に見えないほどの細い糸状の何かに阻止されていたのだ。

まるで——ナイフがそこに来ることを事前に知っていたかのように——予知されていたかのように。

「——な……」

勇人がよろけた瞬間、もう黒帽子の身体は動いていた。

勇人の襟首が、がしっ、と乱暴に摑まれる。そしてそのまま、走り出す。

甘利勇人をまるでキャリーバッグを引きずっていくかのような軽快さで、ずんずん進んでいく。

飛ぶように疾走していく。

「な、ななな、な——」

勇人は何がなんだかわからず、上目で必死に黒帽子の横顔を下から見つめる。その黒いルージュがかすかに動いているのが見える。

「君はこれまで、その能力を慎重に使ってきた。その認識の範囲内で慎重に行動してきた——だから的確だった。しかし今、君は願望してしまった。こうなって欲しいという希望を、予知した現実と混同してしまった——ずれた時点で、もう二度と未来にピントを合わせることはできないよ」

冷ややかな声で、彼に向かって言っているのか、単なる独り言なのか、ひとつだけ言えることは、その声はその発言内容などあっていようが間違っていようがどうでもいいことだ、という適当極まる無責任な響きを伴っているということだった。

その冷酷無比な突き放しに——甘利勇人はついに悟る。

(こ、こいつは——ずっとわかっていたんだ——俺が陰から覗き見ていたことを。それでも今まで何もしてこなかったのは、それは——)

どうでもいいことだったから。

問題にするほどの価値もなかったから。

たとえば一匹の蟻《あり》に噛まれたからと言って、その巣穴まで追跡していってその虫の群れを全滅させたりしないように、ちょっとばかり不快であったとしても、それをわざわざ相手にして始末するのは面倒くさい——ただそれだけの理由だったのだ。

（お、俺は——）

引っ張られていく甘利勇人は、あっというまに幡山高校の外にまで連れ出されていた。

恐るべき速度と跳躍力で黒帽子は街を疾走し、柵や塀を跳び越え、たちまち繁華街のど真ん中まで到達してしまう。

「さて——」

ぽい、と黒帽子は勇人を放り捨てる。

「これまで人から隠れて一方的に見つめてきた分、今度は他人からたっぷりと注目されるといい——」

そして、風のように去ってしまう。異様な風体のはずなのに、誰からも注意を集めず、存在していることさえ周囲から無視されているような、そういう消え方だった。そして、その影が通りからいなくなった途端——。

「お——おい、なんだ？」

「あれって――」

と、周囲の人がざわめきだした。

「な、なにあいつ――」

「なんか、いきなり道路にどさっと落ちてきたみたいだったけど――」

「路地裏から出てきたの？」

「ちょっと、なんか持ってるよ？」

「目つきが怪しいんだけど――わっ、こっち見た！」

「やばいよ、絶対」

「あっ立った！」

「誰か通報した？」

「あれってほら、あのニュースとかでやってた、あのやばいヤツの――」

「うわっこっちに来る！」

「逃げろ！」

人々がどんどん彼から後ずさって離れていき、ざわめきがどんどん大きくなってくる。

「お、俺は――」

勇人は何か言おうとした。しかしいったい何を言えばいいのか見当もつかない。すぐに警官たちが駆けつけてきて、彼のことを包囲して、

「おとなしくしろ！　武器を捨てろ！」

「抵抗するな！」

と大声で怒鳴られる。ここでやっと勇人はまだ自分がナイフを持ったままだったことを思い出した。黒帽子は彼から凶器を取り上げさえしなかったのだ。

「俺は――」

愕然として立ちすくんでいる彼に、警官たちがいっせいに飛びかかってきた。それを野次馬たちが歓声をあげつつ見物している。

大勢の人々の注目を浴びて、もみくちゃにされて、手荒に扱われながら、どうしたことか――甘利勇人は生まれて初めて、心から、自分はどこまでも孤独なのだなということを、しみじみと実感していた。

cadent 6　〈白々しい〉から〈空々しい〉に

デカダント・ブラックはあまりにも優柔不断なため、
逆に他者のことを自分の意志がないと言ってなじる。

——ブルドッグによる概略

……幡山高校で起きた集団昏倒《こんとう》事件は、大した騒ぎにならないまま終わった。興奮しすぎた生徒たちが過呼吸を起こして、それで気絶したところに他の生徒たちがぶつかって倒れた結果の騒ぎで、実質的な被害はなかったということで、生徒たちが回復した数十分後にはそのまま撮影が再開され、一時間と経たない内にすべてはつつがなく終わった。ただ、ひとりだけ少し離れた場所に倒れていた生徒の、岸森由羽樹だけはそれとは無関係の急病の発症であろうということで救急車が呼ばれて、そのまま入院した。意識が戻った後になっても、頻繁にパニック障害を起こすようになったりして、お見舞いに行った生徒たちの間では、なんだか人が変わってしまって、びくびくと他人の顔色ばかりうかがうヤツになってしまったな、という噂話が後に広まることになる。

それと同日に起きた、街中で突然錯乱して、路上で刃物を振り回して警察に捕まった深陽学園の生徒の事件の方は、こちらは少しばかりニュースになった。しかし未成年であるために実名は報道されず、学校も長期無断欠席を続けていたこともあり、そのまま退学処分になって、それきりで、学校ですらほとんど話題にされなかった。

（……しかし、いったい何が起きていたの。カメラにもろくに映像が残っていなかったし——）

ひたすらにイラついているのは、舵浦遊麻である。

はたして〝装置〟の実験は成功だったのか、失敗だったのか、それさえもわからないまま、いったん中断して、CM撮影を普通にしてしまった。記録されたデータは一応提出して、任務そのものは果たしたが、自分たちにまで気絶効果が波及してしまって、実験に参加したスタッフは一人残らず、その時間帯の記憶を失ってしまっていたのだった。どうも〝装置〟の実用性は疑わしいものという結論になってしまったようだ。

これを足がかりにして統和機構での地位を確立するという、遊麻の野望は絶たれてしまった。

（せっかく竹田くんを呼んでいたのに……でも彼ったら、途中でどっか行っちゃって——私の仕事ぶりを見せつけて尊敬させる狙いも外れたし——でも、あきらめないわよ。なんとかして、竹田くんを私のモノにしてみせるわ……！）

＊

——あれから結局、私はすぐにその日のうちに深陽学園に戻った。多少は遅刻してしまったが、風紀委員長が無断で休んだということにはならなかった。ただ——私が早朝に出くわしていた飯田くんは私を見て、ちょっと変な顔をした。何か言いたそうだったので、先回りして、

「ごめんなさい」

と謝っておいた。

「ええと、委員長――なんかあったんですか？」

「だからごめん、って言ってるでしょ。ちょっとむしゃくしゃしてて、あなたに当たっちゃって、悪かったと思ってるのよ」

「はあ――でも、よかったです。なんか元に戻ったみたいだし」

「私、そんなに嫌な感じだった？」

「いや、そんなでもないですよ。いつもと大して変わりませんでした」

「……それはそれで、ちょっと嫌なんだけど」

迷惑を掛けてしまったので、その日は予定になかった下校時の当番を引き受けることにして、私は放課後の校門前で、ぼーっ、と立っている。

帰っていく生徒たちが次々と横を通っていく。やっぱり少し幡山高校の人たちは雰囲気が違うが、正直――今となっては、どっちが馴染むかどうか、よくわからなくなっている。

あれから――岸森由羽樹の影響から離れた子たちは、それでも私のことは覚えていた。私と塩多樹梨亜が一緒にいるところを見て、彼らは少し驚いていたが、私が「すべては誤解だったことがわかって、塩多さんにも謝罪したから、みんなもそうしてくれない？」と頼んだら、快く皆も樹梨亜のことを受け入れて、なんか悪かったな、と彼女のことをいたわってくれた。私は異常な能力のせいで偽りの尊敬を得ていたはずだったのに、なんか幡山高校の子たちはそのまんま、私のことを一目置いているみたいな空気になって、それがすごく申し訳なくて、くすぐったい気がした。

(私、幡山高校でも委員長って呼ばれてたし――変なイメージが付いちゃってる?)

私が少し憮然として、門の側に立っていると、

「――あっ」

という声が横から聞こえた。振り向くと、宮下藤花が立っていた。

「新刻さん、なんかありがとうございます。先輩に話してくれたんですって?」

明るくお礼を言われる。ああ――と私はとても複雑で、かつ面倒な気分になる。

「いや、たまたまかち合ったから――竹田先輩に。それでよ。別に深い理由はないのよ」

「でも先輩に、とにかく彼女に謝っておけ、って言ってくれたんでしょう?」

「だから、それは――」

*

――それは私が、目を醒ましたもののまだ顔色の悪い樹梨亜を保健室に連れていこうとした途中で、だった。

「あっ」

と樹梨亜が声を上げた。私も彼女の視線を追うと、そこには竹田啓司先輩がなんか寝ぼけた顔で茫然と立っていたのだった。

「竹田先輩を知ってるの？」

と私は訊いたが、そう言えば宮下藤花を見張っていたのなら、当然その彼氏も知っているか、とすぐに納得した。樹梨亜はうなずきつつ、

「あの人、藤花に嘘をついてるって——」

と言った。

「え？　どういうこと？」

「よくわかんないけど——藤花がそう言ってた……」

「うーん——」

私は気になったので、樹梨亜にちょっと待ってもらって、竹田先輩の方に駆け寄った。

「先輩！」

「わっ——に、新刻さん？　なんで幡山にいるんだ？」

いきなり現れた私に彼はびっくりしているようだったが、そんなことは無視して、

「先輩、宮下さんに嘘ついているでしょう。わかっているんですよ、こっちは」

といきなり本題に入った。竹田先輩は面食らっていたが、やがてもじもじと、

「……いや、それはなんというか、やむを得ないというか……」

「ぐだぐだ言い訳しないでください。私、そういうのが一番嫌いなんです」

「うー。い、いや実は——この前、俺の誕生日だったんだけど。そのときに約束を破っちゃったことがあって」

「先輩の？　藤花じゃなくて？」

「俺のだよ。それで、藤花には仕事がどうしても忙しくて、って言ったんだけど——でも本当は違ってて」

「なんですか、他の女の子と会ったりしてたんですか」

「いやいやいや、そんなんじゃなくて——熱出して寝込んでたんだよ」

「……は？」

「どうも疲れが溜まってたみたいで、いや油断したよ」

「……熱出して寝込んでたんなら、約束を破ったことにはならないじゃないですか。なんで仕事なんて嘘ついたんですか」

「いや……だって、そんなことしたら余計なことをまた言われるというか、心配かけるっていうか……色々と面倒だな、って」

「………」

「でもなんか藤花には勘づかれたみたいで、変にギクシャクしちゃってて、今——こうして新刻、君にも責められてる」

「……先輩、今すぐに彼女に連絡しなさい」

「はい?」

「今すぐに、です——そして嘘ついててごめんなさいって謝りなさい」

「い、いやそんなこと言っても、あいつだって今、ちょうど学校じゃ——ていうか、君も」

「宮下さんなら、今は——ちょうど色々と片付いた直後で、まさしくヒマになった辺りですから、大丈夫です! とにかく謝るんですよ、もう! 馬鹿馬鹿しいったらありゃしないわ! 失礼します!」

と、私は樹梨亜のところに戻って、彼女を保健室に寝かせてから、こうやって深陽学園に戻ってきたのである……。

「新刻さんは、魔法でも使えるのかしら。どうして竹田先輩と私が喧嘩してたってわかったの?」

宮下藤花は無邪気に訊いてくる。もう何もかもが鬱陶しくなり、私は、

「あなたたちは、大抵いつも喧嘩してんじゃんか」

と投げやりに言うと、宮下藤花はけらけらと笑って、

「そういえばそうね! でも、ほんとうにありがとう! さすがは委員長だわ!」

と、私の肩を叩いて、彼女はさっそうとした足取りで帰っていった。

「あー……」

私は空を見上げる。心の中に黒いものが澱《よど》んでいるような気がする。その黒いものは、私の不機嫌さとして誰かに伝わって、それがまた別の人を不快にしたりするんだろうか……と、ぼんやりとそう思っていると、どこからともなく、

「お姉さんお姉さん、今ならいい話があるんだけど、乗るかい？」

という声が聞こえて、誰かが靴下を引っ張るような感触があった。

下を見ると、蝶ネクタイを付けたブルドッグがいて、私の方を見上げている。

「………」

「今なら、お姉さんが総取りできますよ。前の制御者がやりかけていたことを丸ごと頂戴して、新たなるデカダント・ブラックの操作者に成り代われます。あなたこそ、この新しいチェンジにふさわしい――」

ぺらぺらと、その犬は変に上機嫌で話しかけてくる。

「さっきも言ったけど、私は忙しいの。あっちへ行ってなさい」

私は投げやりに言った。するとブルドッグは、わふん、と鼻を鳴らして、

「人の心に闇がある限り、デカダント・ブラックもなくなりませんよ」

と言った。私は素っ気なく、

「知ってるわよ、闇があることぐらい。それが普通でしょ？　みんな知ってるけど、誰も敢《あ》えて何も言わない。暗黙の了解——そういう次元の話でしょ」

と答えた。すると犬は満足そうにうなずいて、

「何かあったら呼んでください。すぐに駆けつけますから——」

と一礼すると、その姿はぼんやりと霞《かす》んでいって、消えた。

「ふん——」

私が何気なく校舎の方を見ると、窓からこっちの方を見ている少年が一人いた。知っている子だ。私とは関係がありそうで、でも決定的に道が違うような——そういう少年が。

彼は、遠くから私に向かって肩をすくめるような動作をしてみせた。君にはかなわないな——とでも言いたげに。私はそれにも応じずに、ただ校舎全体に向かって、

「——特に用がない生徒は、さっさと下校してください！」

と大きな声を出した。

"Stalking in Decadent Black" closed.

デカダント・ブラックはとにかく
明日から始めようと思っている。
——ブルドッグによる概略

あとがき——影は黒に非ず

私は絵が描けないので、これは聞いた話でしかないのだが、影を黒く塗るというのは素人なのだそうである。マンガの表現技法に慣れ親しんでいる身としては、つい影って黒じゃないのと思ってしまうが、影というのは光が当たっていないところ、色彩が薄れているところなので、影自体には色など存在しないらしい。言われれば当然なのだが、なんとなく私は、影はべったりと濃密なものという印象があったので、なんの独自性もないのだというのは意外だった。だから逆にいうと、ありとあらゆる所には影があるんだそうだ。それはそうで、光の強さは外だとか部屋の中だとかで違うわけだが、そのときどきの色の違いとはすなわち影なのである。我々が目にしている影の中で圧倒的に多いのは、そういったぼんやりした色の違いとしての影であって、影だとはっきりわかるような濃い奴は半分以下なのだろう。で、思うのだが、比喩としての影——つまりあの人には陰がある、とか陰のある表情、みたいな表現をされる心の中の影の方も、これと同じなのではないだろうか。なんか心に影があるとかいうと、すごく暗いものが潜んでいるみたいだが、実際、我々の心の中の大半は影なのであって、そうでない部分などないのではないだろうか。ただその影の濃淡があるだけだ。我々は濃いところだけを影だと思っているが、それは濃いめのところでしかなく、他の部分だって質的には同じで、影とは邪心の方で、良心はそれとは別にあるはずだというのは間違いではないのか。

なんでこんなことを思うのかというと、他人から施される善意が時折、私には悪意にしか思えないからである。「おまえのためを思ってのことだ」みたいなことを言われて、相手には良心しかないはずなのに、私の心にはなんかどす黒い気持ちがむくむくと湧き起こってきてしまうのである。そしてそういうことを相手に言い返すと、向こうも私にめらめらと怒りを燃やし始めて怒鳴りだすのである。この気持ちの変化は、裏表がひっくり返ったというよりも、ずっと地続きで、グラデーションを描いているだけのような気がしてならない。

ほとんどの影が影だとわからないくらいの濃さしかないように、気持ちの実誰の元になる心の影もまた、ごくごく薄いところから始まっている。それが濃くなることでなんだか禍々しいものに変わっていく。心から影が消えてなくなることはないし、それが濃くなったり薄くなったりするのも止められないと思う。人間は他人と関わっていくと、どうしてもその人の色が自分に重なってくる訳で、そのぶん必ず変化は起きる。だからせめて、というか逆にそれを利用して、自分で自分の色を作るべきではないか。こっちに濃くなっていこう、と選択することで、自分たちがどういう影を抱えているのか少しは自覚できるかも知れないし。

ところで影が黒ではない、ということはつまり、黒というのは必ずしも影ではない訳である。ならばいっそ黒を目指してみるというのも一つの手である。他人には影にしか見えないが、しかしそれは積極的な自分流の色彩の選択なのだ。そもそもマンガで影をわざわざ殊更に真っ黒に塗りつぶし始めたのも、そういう力強さを求めてのことだったのではないかと思うし。あまりにもぼんやりとあやふやな濃淡だけが覆い尽くしているこの世界の中で、より鮮明なイメージを確立したい、という感じのアレで、ただし黒を目指すのは、その道筋の大半はくすんだ灰色をひたすらに濃くなるまで耐え続ける、ということでもあるので、なかなかにしんどいルートであるのもまた間違いないだろうけど。しかしどうせ他の道も途中は冴えない中間色のくすぶりばかりだから、結局楽な道はないってことで。以上。

（抽象的な話ばかりで、輪郭がはっきりしないんだけど）
（やっぱり黒い枠線がいるってことで。まあいいじゃん）

BGM "Black Night" by DEEP PURPLE

◉上遠野浩平著作リスト

「ブギーポップは笑わない」（電撃文庫）
「ブギーポップ・リターンズ　VSイマジネーターPart1」（同）
「ブギーポップ・リターンズ　VSイマジネーターPart2」（同）
「ブギーポップ・イン・ザ・ミラー「パンドラ」」（同）
「ブギーポップ・オーバードライブ　歪曲王」（同）
「夜明けのブギーポップ」（同）
「ブギーポップ・ミッシング　ペパーミントの魔術師」（同）
「ブギーポップ・カウントダウン　エンブリオ浸蝕」（同）
「ブギーポップ・ウィキッド　エンブリオ炎生」（同）
「ブギーポップ・パラドックス　ハートレス・レッド」（同）

「ブギーポップ・アンバランス　ホーリィ&ゴースト」（同）
「ブギーポップ・スタッカート　ジンクス・ショップへようこそ」（同）
「ブギーポップ・バウンディング　ロスト・メビウス」（同）
「ブギーポップ・イントレランス　オルフェの方舟」（同）
「ブギーポップ・クエスチョン　沈黙ピラミッド」（同）
「ブギーポップ・ダークリー　化け猫とめまいのスキャット」（同）
「ブギーポップ・アンノウン　壊れかけのムーンライト」（同）
「ブギーポップ・ウィズイン　さびまみれのバビロン」（同）
「ブギーポップ・チェンジリング　溶暗のデカダント・ブラック」（同）
「ビートのディシプリン　SIDE1」（同）
「ビートのディシプリン　SIDE2」（同）
「ビートのディシプリン　SIDE3」（同）
「ビートのディシプリン　SIDE4」（同）
「冥王と獣のダンス」（同）
「機械仕掛けの蛇奇使い」（同）
「ヴァルプルギスの後悔　Fire1.」（同）
「ヴァルプルギスの後悔　Fire2.」（同）
「ヴァルプルギスの後悔　Fire3.」（同）

「ヴァルプルギスの後悔　Fire4.」（同）
「螺旋のエンペロイダー　Spin 1.」（同）
「螺旋のエンペロイダー　Spin 2.」（同）
「ぼくらは虚空に夜を視る」（徳間デュアル文庫）
「わたしは虚夢を月に聴く」（同）
「あなたは虚人と星に舞う」（同）
「殺竜事件」（講談社ノベルス）
「紫骸城事件」（同）
「海賊島事件」（同）
「禁涙境事件」（同）
「残酷号事件」（同）
「酸素は鏡に映らない　No Oxygen, Not To Be Mirrored」（同）
「私と悪魔の100の問答　Questions & Answers of Me & Devil in 100」（同）
「戦車のような彼女たち　Like Toy Soldiers」（同）
「酸素は鏡に映らない」（講談社ミステリーランド）
「しずるさんと偏屈な死者たち」（富士見ミステリー文庫）
「しずるさんと底無し密室たち」（同）
「しずるさんと無言の姫君たち」（同）

「騎士は恋情の血を流す」（富士見書房）
「ソウルドロップの幽体研究」（祥伝社ノン・ノベル）
「メモリアノイズの流転現象　ソウルドロップ奇音録」（同）
「メイズプリズンの迷宮回帰　ソウルドロップ虜囚録」（同）
「トポロシャドゥの喪失証明　ソウルドロップ彷徨録」（同）
「クリプトマスクの擬死工作　ソウルドロップ巡礼録」（同）
「アウトギャップの無限試算　ソウルドロップ幻戯録」（同）
「コギトピノキオの遠隔思考　ソウルドロップ狐影録」（同）
「恥知らずのパープルヘイズ　―ジョジョの奇妙な冒険より―」（集英社）
「恥知らずのパープルヘイズ　―ジョジョの奇妙な冒険より―」（JUMP j BOOKS）
「ぼくらは虚空に夜を視る」（星海社文庫）
「わたしは虚夢を月に聴く」（同）
「あなたは虚人と星に舞う」（同）
「しずるさんと偏屈な死者たち」（同）
「しずるさんと底無し密室たち」（同）
「しずるさんと無言の姫君たち」（同）
「しずるさんと気弱な物怪たち」（同）
「騎士は恋情の血を流す The Cavalier Bleeds For The Blood」（同）

本書に対するご意見、ご感想をお寄せください。

ファンレターあて先
〒102-8177　東京都千代田区富士見2-13-3
電撃文庫編集部
「上遠野浩平先生」係
「緒方剛志先生」係

本書は書き下ろしです。

電撃文庫

ブギーポップ・チェンジリング
溶暗《ようあん》のデカダント・ブラック

上遠野浩平《かどのこうへい》

◆◇◇
2014年11月8日　初版発行
2024年11月15日　4版発行

発行者　山下直久
発行　株式会社KADOKAWA
〒102-8177　東京都千代田区富士見2-13-3
0570-002-301（ナビダイヤル）
装丁者　荻窪裕司（META＋MANIERA）
印刷　株式会社KADOKAWA
製本　株式会社KADOKAWA

●お問い合わせ
https://www.kadokawa.co.jp/（「お問い合わせ」へお進みください）
※内容によっては、お答えできない場合があります。
※サポートは日本国内のみとさせていただきます。
※ Japanese text only

※定価はカバーに表示してあります。

ISBN978-4-04-869047-8　C0193　Printed in Japan

電撃文庫　https://dengekibunko.jp/

電撃文庫創刊に際して

文庫は、我が国にとどまらず、世界の書籍の流れのなかで〝小さな巨人〟としての地位を築いてきた。古今東西の名著を、廉価で手に入りやすい形で提供してきたからこそ、人は文庫を自分の師として、また青春の想い出として、語りついできたのである。

その源を、文化的にはドイツのレクラム文庫に求めるにせよ、規模の上でイギリスのペンギンブックスに求めるにせよ、いま文庫は知識人の層の多様化に従って、ますますその意義を大きくしていると言ってよい。

文庫出版の意味するものは、激動の現代のみならず将来にわたって、大きくなることはあっても、小さくなることはないだろう。

「電撃文庫」は、そのように多様化した対象に応え、歴史に耐えうる作品を収録するのはもちろん、新しい世紀を迎えるにあたって、既成の枠をこえる新鮮で強烈なアイ・オープナーたりたい。

その特異さ故に、この存在は、かつて文庫がはじめて出版世界に登場したときと、同じ戸惑いを読書人に与えるかもしれない。

しかし、〈Changing Times,Changing Publishing〉時代は変わって、出版も変わる。時を重ねるなかで、精神の糧として、心の一隅を占めるものとして、次なる文化の担い手の若者たちに確かな評価を得られると信じて、ここに「電撃文庫」を出版する。

1993年6月10日
角川歴彦

SWORD ART ONLINE
ソードアートオンライン
川原 礫
イラスト／abec
「これは、ゲームであっても遊びではない」
《黒の剣士》キリトの活躍を描く
究極のヒロイック・サーガ！
電撃文庫

第28回電撃小説大賞
銀賞
受賞作
愛が、二人を引き裂いた。
BRUNHILD
竜殺しのブリュンヒルド
THE DRAGONSLAYER
東崎惟子
[絵] あおあそ
最新情報は作品特設サイトをCHECK!
https://dengekibunko.jp/special/ryugoroshi_brunhild/
電撃文庫

ほうかごがかり
ぼくらは命を懸けて、『奴ら』を記録する——。
When the midnight chime rings,
we are captured in a "Houkago".
In there, there is neither a correct answer nor a goal
or a stage clear.
Only our dead bodies are piled up.
【ほうかごがかり】
甲田学人
illustration potg
よる十二時のチャイムが鳴ると、
ぼくらは『ほうかご』に囚われる。
そこには正解もゴールもクリアもなくて。
ただ、ぼくたちの死体が積み上げられている。
鬼才・甲田学人が放つ、恐怖と絶望が支配する
"真夜中のメルヘン"。
電撃文庫

七つの魔剣が支配する

宇野朴人
illustration ミユキルリア

運命の魔剣を巡る、
学園ファンタジー開幕!

春――。名門キンバリー魔法学校に、今年も新入生がやってくる。黒いローブを身に纏い、腰に白杖と杖剣を一振りずつ。胸には誇りと使命を秘めて。魔法使いの卵たちを迎えるのは、満開の桜と魔法生物のパレード。喧噪の中、周囲の新入生たちと交誼を結ぶオリバーは、一人に少女に目を留める。腰に日本刀を提げたサムライ少女、ナナオ。二人の、魔剣を巡る物語が、今始まる――。

電撃文庫

姫騎士アルウィンに養われ、人々から最低のヒモ野郎と罵られる

元冒険者マシューだが、彼の本当の姿を知る者は少ない。

「お前は俺のお姫様の害になる——だから殺す」

エンタメノベルの新境地をこじ開ける、衝撃の異世界ノワール！

電撃文庫